欢迎来到实力至上主义的教室 ①

堀北铃音

光看外表的话，确实是个美女。但因说话时口无遮拦，一个朋友也没有。

所以，请问我到底该做些什么？

绫小路同学。边痛苦边后悔，以及边绝望边后悔，你比较喜欢哪个？

绫小路清隆

本书的主角。在入学考试中故意考砸，被分入了最底层的 D 班。目前正在努力交朋友。

栉田桔梗

无论对谁都细心关照、像天使般的美少女。自然也是班级里的人气王。

我呀，想跟堀北同学成为朋友！

您认为现在的日本社会平等吗？

老师，能不能让我问一个问题？

继堀北之后，没想到连你也有问题要问。到底想问什么？

欢迎来到实力至上主义的教室 ①

c o n t e n t s

P 1   日本的社会结构

P 4   欢迎来到梦幻般的校园生活

P 53   D 班的各位

P 75   各位男士，久等了

P 94   朋友

P 111   终结的日常

P 132   欢迎来到实力至上主义的世界

P 175   集合吧，不及格组

P 239   再次集合的不及格组

P 283   期中考

P 295   开始

P 309   庆功宴

P 318   后记

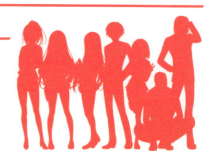

欢迎来到实力至上主义的教室

〔日〕**衣笠彰梧** 著

虎虎 译

人民文学出版社

PEOPLE'S LITERATURE PUBLISHING HOUSE

著作权合同登记：图字 01-2019-4303 号

YOUKOSO JITSURYOKUSHIJOUSHUGI NO KYOUSHITSU E Vol. 1
© Syougo Kinugasa 2015
First published in Japan in 2015 by KADOKAWA CORPORATION，Tokyo.
Simplified Chinese translation rights arranged with KADOKAWA CORPORATION，
Tokyo through Timo Associates Inc.，Japan.

图书在版编目(CIP)数据

欢迎来到实力至上主义的教室.1/(日)衣笠彰梧
著；虎虎译.—北京：人民文学出版社，2020(2025.1 重印)
ISBN 978-7-02-015399-2

Ⅰ.①欢…　Ⅱ.①衣…②虎…　Ⅲ.①长篇小说-日
本-现代　Ⅳ.①I313.45

中国版本图书馆 CIP 数据核字(2019)第 154496 号

责任编辑　朱卫净　任　柳　曹敬雅
装帧设计　钱　珺

出版发行　人民文学出版社
社　　址　北京市朝内大街 166 号
邮政编码　100705

印　制　上海盛通时代印刷有限公司
经　销　全国新华书店等

字　数　176 千字
开　本　787 毫米×1092 毫米　1/32
印　张　10
版　次　2020 年 2 月北京第 1 版
印　次　2025 年 1 月第 11 次印刷

书　号　978-7-02-015399-2
定　价　42.00 元

如有印装质量问题，请与本社图书销售中心调换。电话：010 - 65233595

日本的社会结构

虽然很突然，但我想请你稍微认真听我所提出的问题，并试着思考答案。

试问，人是否生而平等？

当今现实社会不断疾呼着"平等、平等"。

人们经常呼吁男女平等，也拼命地想消除其中的差别。

"提升女性就业率吧"、"设置女性专用车厢吧"。有时就连名册的排列顺序都要吹毛求疵。

由于不应带有歧视，连残障者这个字眼，舆论也倡导改变措辞为"身心障碍者"。现在的孩子们也被灌输人人平等的观念。

这真的正确吗？我对此持有疑问。

男女能力上有所差异，所负职责也不相同。再怎么礼貌表达，也改变不了对方是身心障碍者的事实。就算不去直视也没有任何意义。

这就是说，答案为否。即人是不平等的生物及存在，根本不存在平等的人类。

过去有个伟人曾说——上天不在人上造人，亦不在人下造人。然而，这并非是在诉说众人皆平等。

没错，大家应该知道这段极为知名的名言还有后续吧？

后续是这样的。文章中问道，虽然人生而平等，那为什么还是会出现工作及身份的差异呢？回答是：会出现差别，乃在于有无苦心钻研学问。

文章表示，产生差别的关键就在此处。以上出自极为有名的文章《劝学》。

然后，至少在迎接二〇一五年的现在，这个教诲在事实上也丝毫没有改变。但是，不平等的形势却变得更加复杂和严重了。

总之，我们人类是能够思考的生物。

就算不平等，我也不认为顺从本能就这样生活下去是正确的。

换句话说，虽然平等这些话语尽是谎言，但不平等也是件让人难以接受的事实。而我现在正试图寻找出对人类来说是永远课题的新答案。

喂，现在手中拿着这本书，正在阅读的你。

你认真思考过关于将来的事情吗？

你思考过上高中、大学的意义是什么吗？

你有没有想过，现在虽然还懵懵懂懂，但未来应该会不知不觉间就开始工作了呢?

　　至少我这么想过。

　　结束义务教育，成为高中生的时候，我还没有察觉。

　　我只对抛开了"义务"这个词汇、成为自由之身这件事情感到喜悦。

　　我没有发现这个瞬间自己正以现在进行式对自己的未来、人生造成巨大影响。甚至连在学校里学习语文、数学的意义为何，我也不曾理解。

欢迎来到梦幻般的校园生活

"绫小路同学，你现在有空吗？"

来了，我所害怕的状况果然来了。

那家伙来到了若无其事装睡的我身旁。

恶魔登场，前来唤醒正在面对内心及现实社会状况（正在打瞌睡）的我。

我的脑中传来了肖斯塔科维奇的《第十一号交响曲》。现在的我，非常适合巧妙表现出人们被恶魔追赶、逃窜，以及宣告世界末日之绝望的这首曲子。

即使闭着眼我也可以感受到，站在我旁边的恶魔对奴隶的苏醒望眼欲穿和其拥有的那股非比寻常的气场。那么，身为奴隶的我，该如何打破这个现状呢？

为了回避危险，我全速运转大脑，瞬间推理出答案。

结论是……我决定假装没有听到，并将此命名为"假睡"作战。用这招混过去。

若是温柔的女孩子，应该会说"真是的，真拿你没办法。吵醒你太可怜了，放你一马吧"，并且饶过我才对。

或者"你要是不起来我就亲下去喽。啾！"这样的模式也可以接受。

"现在起三秒之内，要是你没醒的话，我就要对你加以制裁。"

"制裁是什么鬼啊！"

才间隔不到一秒，假睡作战就被识破了。我屈服于武力威胁之下。

即使如此我也不把头抬起，算是我唯一的抵抗。

"看吧，果然醒着。"

"我已经充分了解到惹你生气的话会很可怕。"

"很好。我现在能够占用你一些时间吗？"

"如果我说不能呢？"

"我想想……虽然你没有权利拒绝，但是我应该会非常不高兴吧。"

接下来这家伙继续说道：

"如果我变得不高兴，今后绫小路同学的校园生活就将招致巨大的不快。对了，例如会发生椅子上被放置无数图钉、进厕所后被从正上方泼水，或是有时被圆规的针刺到等等诸如此类的现象。"

"这是骚扰吧……不对，这简直是霸凌！而且最后那个例子与其说有微妙的真实感，不如说是我已经被刺到了好吗！"

我无可奈何地从趴在桌上的状态到挺起身子。

在边上，黑发飘扬，拥有锐利眼神的少女正俯视着我。

她的名字叫堀北铃音，就读高度育成高级中学一年

D班，是我的同班同学。

"放心，刚才只是开玩笑的。我不会从正上方泼你水。"

"重要的是图钉以及圆规的部分吧！你看这里！还留着被刺过的痕迹！要是变成永久性疤痕，你打算怎么负责？你说啊！"

我卷起右手袖子，把有被刺痕迹的上臂伸到堀北眼前。

"证据呢？"

"什么？"

"所以我说证据呢？你明明连证据都没有，如何断定我就是实施者？"

我的确没有证据。位于能用针刺我的距离内的就只有邻座的堀北。但被扎到后，我看到了堀北在调整圆规，然而我很难说这是决定性的证据……

不过比起这个，我现在还有件非确认不可的事情。

"果然一定得帮忙吗？我会试着重新考虑，但还是……"

"喂，绫小路同学。边痛苦边后悔，以及边绝望边后悔，你比较喜欢哪个？你之前把不情愿的我给强行拖过来帮忙，因此理所当然得负起责任。没错吧？"

堀北式的不合理二选一选择题被摆在眼前，看来不理她似乎是不可能了。和这个恶魔订下契约，是我的判断错误。我决定放弃，并臣服于她。

"所以，请问我到底该做些什么？还有该怎么做呢？"

我战战兢兢地询问。事到如今，无论被要求做什么，我都不会惊讶了。

真是的，为什么事情会变成这样？就算不愿意，我也不禁再次回想。

我和这名少女的相遇，从现在算起正好是在两个月以前。那是入学典礼当天的事了……

1

四月。入学典礼。我坐在前往学校的公交车上，随着车身摇摇晃晃。当我无聊地眺望着窗外不断变换的街景来打发时间的同时，公交车上的乘客也在逐渐增加。

同车的乘客，几乎全是身穿高中制服的年轻人。

等我回过神来，车内已经变得十分拥挤。在我前方不远处站着的一个老妇人，现在像是快要跌倒般脚步不稳，让人觉得很危险。但既然知道车上很拥挤她还是挤上了车，那也是她自作自受吧。

对运气好能有座位的我来说，拥挤程度如何都与我无关。

就让我把可怜的老妇人忘得一干二净，等待抵达目的地吧。

今天晴空万里，真令人神清气爽啊，我简直快要睡着了。

然而，这份平静的心情马上烟消云散。

"你不觉得你应该让出座位吗？"

我一瞬间吓了一跳，睁大几乎快闭上的双眼。

咦，我该不会被骂了吧？

我如此心想，不过被劝告的人，好像是坐在稍微往前一点的一个男士。

屁股坐在爱心专座上的，是一个体格魁梧的年轻金发男子——应该说是个高中生。刚才那名老妇人就站在他的边上，而另一旁则站着身穿 OL 风格的女性。

"坐在那边的你，难道没看见老奶奶很不舒服吗？"

OL 风格的女性，好像希望他将爱心专座让给老妇人。

OL 的声音清楚传遍安静的车内，自然而然吸引了周遭的目光。

"真是个 Crazy[①] 的问题呢，Lady。"

我想少年应该会生气或无视，不然就乖乖服从，但结果都不对。少年咧嘴一笑，重新跷起二郎腿。

"为何我就非得把座位让给这位老妇人呢？ 根本就

---

① 话中夹杂着英文是此人的说话方式。

没有任何理由吧。"

"你现在坐的位子是爱心专座哦，当然要让给年长者！"

"无法理解，就算是爱心专座，也不存在任何必须让座的法律义务。这时候要不要让座，是由目前拥有这个座位的我来判断。年轻人就得让位？哈哈哈！还真是Nonsense的想法啊。"

这实在不像是高中生会有的说话方式。连头发都染成了金色，有种不合时宜的感觉。

"我是个健全的年轻人，站着确实不会感到有什么不方便，但是显然比起坐着更耗体力。我不打算无意义地做这种没好处的事情。还是说，你会给我小费呢？"

"这……这是对长辈讲话的态度吗？"

"长辈？你和老妇人都度过了比我更长的人生，这是一目了然、毋庸置疑的。但所谓长辈，是指有能力有经验的长者。而且你也有问题，即使有年龄差距，你不也摆出一副极为狂妄自大、目中无人的态度吗？"

"你说什么！你是高中生吧？大人讲话就给我乖乖听！"

"好……好啦……"

OL大动肝火，但老妇人似乎不愿意让事情闹得更大。她用手势安抚OL，然而，被高中生污辱的OL还是满肚子火。

"看来比起你，老妇人还比较明理。哎呀，日本社会还是有些价值呢。你就尽情地享受余生吧。"

少年露出莫名的微笑，接着就戴上传出轰轰噪声的耳机，开始听起音乐来。鼓起勇气提出建议的那位 OL，看起来很不甘心地在咬牙切齿。

被比自己年纪还小的人，以根本就是强硬诡辩的说法给堵上嘴。少年自以为是的态度，想来让她相当生气吧。

即使如此她也没回嘴，那是因为她也不得不同意少年的说法。

摒除道德问题来说，事实上的确没有义务让座。

"对不起……"

OL 强忍泪水并向老妇人低声道歉。

这是一起发生在公交车上的意外事件。老实说，我没被牵扯进去真是让我松了口气。让不让老人座位，这种事情小事一桩。

这场骚动，最后由那个少年画下了胜利的句点。就在在场的人都这么想时……

"其实……我也觉得大姐姐说得没错。"

有人伸出了意料之外的援手。这个声音的主人站在OL 旁，看似下定了决心，鼓起勇气和少年搭话。这是一个身穿和我同样校服的人。

"这回是个 Pretty girl 吗？看来今天我还真出乎意料地有异性缘呢。"

"从刚刚到现在，老奶奶看起来一直很难受。可以请你把座位让出来吗？也许是我太多管闲事了，但我想这也能够当作是奉献社会。"

少年"啪"地弹了一下手指。

"奉献社会吗？原来如此，真是个相当有趣的意见。让位给年长者的确应该算奉献社会的一环。但是很可惜，我对奉献社会不感兴趣。我认为只要自己满足就够了。还有一点，在这么拥挤的车内，坐在爱心专座上的我虽然成了众矢之的，可是放着其他事不关己、不发一语，而且赖在座位上的人不管，这样好吗？只要有一颗关爱老人的心，那我想就算不是爱心专座，也可以让座。"

少女的想法没能实施，而少年自始至终都不改其光明正大的态度。OL及老妇人都不出声。

然而，迎面抵抗少年的少女，却没有因此灰心丧气。

"各位，请稍微听我说句话。请问有谁愿意把座位让给这位老婆婆呢？谁都可以，拜托了。"

要说出这句话，需要何等的勇气、决心以及体贴啊？这绝对不是件容易的事。少女也许会因此被周遭人视为没常识、令人讨厌的存在。可是她却无所畏惧，认真地向乘客诉说想法。

我虽然不是坐在爱心专座上，但也坐在老妇人附近。只要在这时举起手，说声"请坐"就能平息事件，那位年长者也就能好好放松筋骨了。

可是不管是我还是附近的人，都没有半点动静。因为大家都觉得没有让座的必要。刚才少年的态度及言行，虽然有些令人难以释怀，但是也让人觉得大致上没错。

现在的老人们，确实是一路以来支撑着日本的不折不扣的功臣。

不过，我们年轻人却是今后将支撑起日本的重要人才。

考虑到目前逐年迈向高龄化的社会，年轻人的价值可是比过去更高了。

那么，到底现在比较需要老人还是年轻人，这根本连想都不用想。嗯，这可以说是个完美答案吧？

不知为何，我总有点在意附近的人会怎么做。我环顾四周的乘客，发现人们大多不是假装没看见，就是摆出犹豫的表情。

然而，坐在我旁边的少女却完全不同。

在这喧嚣之中，她像是没受半点影响似的面无表情。

我因为这不寻常的感觉而不禁盯着她看，结果一瞬间和少女对上了眼神。说难听点，这表示我们彼此想法相同。我感觉得出她也认为谁都没必要让出座位。

"请……请坐。"

少女表达诉求后，不久就有一名女士站了起来。坐在老妇人附近的她，大概是因为受不了了才让出座位。

"谢谢您!"

少女满脸笑容地点头示意后，就在拥挤人群中拨开一条路，引导老妇人前往空位。

老妇人一边不断地道谢，一边慢慢地坐下。

我斜着眼见证这个过程后，就双臂抱胸，静静地闭上了双眼。

不久便抵达了目的地，我跟在高中生们后面下了车。

下车后，在那里等待我的是一扇用天然岩石拼凑加工而成的门。

身着制服的少男少女们，从公交车下来后，全都穿过了这扇门。

东京都高度育成高级中学，是日本政府为了栽培支撑未来的年轻人而办的学校，也是从今天起我要上学的地方。

我停在原地，稍微做了下深呼吸，心想："好，出发吧!"

"喂。"

我刚打算踏出富有勇气的一步，却在那个瞬间被旁边的人叫住，害得我从开始就被浇了冷水。

我被刚才坐在隔壁的少女叫住了。

"你刚刚往我这里看，是什么意思？"

看来我是被牢牢盯上了吗？

"抱歉，我只是有点好奇。我在想不管是什么理由，你是不是打从开始就没有要让座的想法。"

"嗯，是啊，我根本没打算让座。那又怎样？"

"没有，我只是觉得我们都一样。因为我也不打算让位。身为避事主义者，我可不想因为牵扯上那种事而引人注目。"

"避事主义？别把我跟你相提并论。我只是因为不觉得让座给老妇人有什么意义，所以才没让座。"

"这不是比避事主义还过分吗？"

"是吗？我只不过是照着自己的信念而行动，与单纯讨厌麻烦事的人不一样。但愿今后我不会再和像你这样的人有所瓜葛吧。"

"我有同感。"

明明只是想稍微交换意见，却被讲成这样，心情真差。

我们故意对彼此叹口气，便开始往同一个方向走去。

2

我无法喜欢上入学典礼——会这么想的一年级学生

应该也不少吧。

我对校长或在校生的训勉感到厌烦不已，而且不仅要排队还要一直站着，麻烦事又多，令人觉得很讨厌。

不过我想说的并不只有这些。

小学、初中、高中的入学典礼，对孩子而言代表着一种试练的开始。

为了好好享受校园生活，结交朋友是不可或缺的。而能否顺利交友的关键，就在于这天以及往后的数日。要是在这天失败的话，可以说接下来等着的就是悲惨的三年了。

对于避事主义的我来说，还是希望建立适当的人际关系。

所以我在前一天，还是做了各种不习惯的模拟练习。

譬如爽快地走进教室，并积极尝试找人攀谈。

还有像是偷偷递上写有电子邮箱的纸条，从而试着拉近关系之类的。

特别是我这次的情况与过去非常不同。这回我处在一个完全没有认识的人能够讲话、孤立无援的状况。我就像是独自进入了你死我亡的战场。

我环视教室，往放着自己名牌的座位走去。

那是个靠窗、偏后面的位置。说不上是中大奖，但一般来说这也算是个好地方了。

我先在教室后环视了一圈，到校学生目测大约有一半出头。

学生大都坐在位子上看着学校的资料或者发呆。也有部分人或许过去就彼此认识，或者是刚认识在一旁闲聊。

那么我该怎么做呢？要趁这段空闲时间开始行动，试着跟某个人搞好关系吗？正好前方有一个胖胖的少年，好像很寂寞地（我擅自想象的）驼背坐着。

从他身上散发出一种"拜托谁快来找我说话，当个朋友嘛!"的信息（我擅自想象的）。

可是……突然间搭话，对方会受困扰吧。

要等时机成熟再行动吗？不行，等回过神来，被人包围而且被孤立的可能性非常大。这里还是主动出击比较好……等等，别急。要是随便投入陌生同学的怀抱，不是也有被反将一军的危险性吗？

不行啊，这是恶性循环……

结果我没能和任何人搭话，理所当然就落入被孤立的下场。

最后我甚至连像是"那家伙还是一个人吗?"及"嘻嘻嘻"那种轻声窃笑的幻听，都开始听得见了。

朋友到底是什么啊？进展到哪儿才可以算是朋友？是在能邀约一起吃饭的时候，还是在能够相约一起去上厕所的时候，才能算是成为朋友了呢？

我越是思考朋友究竟为何意，越是去探究其中的深层定义。

交朋友真的是非常辛苦而又麻烦啊。说起来，交朋友都得像这样瞄准目标、刻意进行吗？难道不应该更像是自然而然就形成的人际关系，接着变得亲近吗？我的脑中仿佛正举行着吵嚷的祭典，思绪已杂乱无章。

在混乱、烦闷期间，学生们接二连三地到校，教室里人逐渐多了起来。

没办法了。我只好孤注一掷试试看吧。

我纠结了半天，终于开始要付诸行动。然而……

回过神来，坐在前方的那名胖胖的眼镜男，已经先被别的同学搭讪了。

尽管表情混杂着未经世故的苦笑，他们之间不也萌生出新的友谊了吗？真是太好了，眼镜兄……看来你可以交到第一个朋友了。

"被捷足先登了……"

我抱着头，深深反省自己的不中用。

我从心底叹了口气。我的高中生活恐怕前途一片黑暗。

不知不觉间教室里几乎挤满了学生。这时候，从隔壁座位传来放书包的声音。

"刚入学就这么深深地叹气啊。对于跟你的重逢，我也有种很想叹气的心情。"

在隔壁座位坐下的学生，是刚刚在公交车站跟我不欢而散的少女。

"真没想到会跟你同班。"

其实，一年级全部只有四个班，会在同一个班级里也不算什么不可思议的事。

"我叫绫小路清隆，请多指教啊。"

"突然就自我介绍？"

"虽然很突然，但是我们都讲过两次话了，这样也没有什么关系吧？"

总之，我实在很想跟某个人自我介绍，想得受不了，就算对方是这名傲慢的少女也好。为了融入这个班级，我想至少先知道隔壁同学的名字。

"我即使拒绝也没关系吧？"

"我想在一年的时间，坐在隔壁却不晓得彼此的名字，心里会不太舒坦的。"

"我不这么觉得呢。"

她看了我一眼后，就把书包挂在课桌旁。看来她连名字都不愿告诉我。

少女是完全没把教室的状况放在眼里吗？她只在一旁以标准姿势端正地坐着。

"你有朋友在别班吗？还是你是一个人在这所学校的？"

"你也真是好管闲事呢。就算找我聊天也没什么意思。"

"你要是觉得打扰，我就不继续说了。"

我并不打算不惜激怒对方，也要让她自我介绍。我想对话应该到此就结束了。但少女叹了口气，也许是转换了心情，她视线笔直地往我这边看来。

"我叫堀北铃音。"

本来没想到她会回答的，这名少女……堀北，却如此报上名来。

这是我第一次从正面看见少女的容貌。

很可爱，倒不如说，简直就是超级美女啊！

明明是同年级，就算她大我一两岁，应该都还是可能的。

她就是个有着如此沉稳气质的美女。

"我姑且先说我是怎样的人好了。我没有特别的爱好，但对任何事都有兴趣。不需要太多朋友，但还是想维持一定的朋友数量。总之，我就是这样的一个人。"

"真是个很避事主义的回答啊。那种思考方法我不怎么喜欢呢。"

"总觉得，你只花一秒就把我的一切都给否定掉了……"

"毕竟我希望别再碰到倒霉事了。"

"虽然可以明白你的心情，不过看来无法实现哦。"

我把手指指向教室入口。站在那里的是——

"这间教室设备很齐全嘛。看来真的就如传闻所说的一样呢。"

是在公交车上与少女起纠纷的那名少年。

"原来如此，的确很倒霉呢。"

看来不只是我们，连那个问题儿童也被分到了 D 班。

他似乎没有注意到我们的存在，朝着写有高圆寺的座位走去一屁股坐下。他那种人也会意识到社交关系重要吗？我得稍微观察看看。

接着，高圆寺把双腿跷在桌上，从书包里取出指甲剪，一面哼着歌，一面随心所欲地修整起指甲来。他做着自己的事情，简直就对周遭的喧嚣或旁人眼光视若无睹。

他在公交车上的发言看来是发自内心的。

只有不到几十秒的时间，就能看出班上超过一半的同学都对高圆寺感到反感。

可以自我到这种地步也真相当厉害啊。

我回过神来，隔壁桌的堀北早已将视线转移到桌上，在读自己的书了。

糟了，对话的明明就是有来有往的，我却忘记回话了。

能和堀北成为朋友的机会，就这样浪费了。

我悄悄前倾，偷看堀北手上那本书的书名，结果竟然是《罪与罚》。

那本书很有趣，讨论了如果为了正义，人是否拥有杀人的权力。

真是可惜啊。说不定我和堀北在书本上的品位很相近呢。

总之，我也已经向她自我介绍过了。作为隔壁邻居，应该也算建立了最低限度的关系。

接下来没几分钟，便响起了宣告开学的钟声。

几乎在同时，一名穿着套装的女士走进了教室。

从外表给人的印象，看起来是个很稳重且重视纪律的老师。年纪既像超过又像没超过三十岁的样子，一头挺长的头发，在后脑勺扎成了一束马尾。

"各位新生，我是 D 班的班主任，茶柱佐枝。平时负责教日本史。这所学校，不会每个学年换教师。因此毕业前这三年，我将作为班主任与你们共同学习，请多指教。开学典礼将会在一小时后在体育馆举行。在这之前，我要发给你们有关这所学校特殊规则的资料。虽然之前的入学介绍时已经发给你们过了。"

前面座位传过来似曾相识的资料，是放榜录取后曾经拿过的。

与国内的众多高中不同，这所学校的部分特殊之处，就是来这所学校上课的全体学生，都被赋予了住在校内宿舍的义务。同时，在读期间除非特殊情况，否则禁止所有对外联系。

即使是家人，未经学校许可也不允许擅自联系。

当然，也严格禁止未经许可就离开学校。

但另一方面，为了不让学生们过得太辛苦，校内设置了许多设施：卡拉 OK、电影院、咖啡厅、服饰店，等等，可以说是形成了一个小型商区。位于大都市正中央的这所学校，其用地据说超过了六十万平方米。

而且，学校还有另一项特别之处，那便是 S 系统的导入。

"使用现在发下的学生证，就能使用学校内的所有设施，也能在商店等地方购买商品。它是张类似信用卡的东西，但由于会消耗点数，所以使用上需要注意。在学校内，没有东西是无法用点数买的。只要是在学校内的东西，不管什么都能买。"

与学生证合而为一的这张点数卡，在学校内就意味着现金。

由于不必携带纸币，对于学生之间引起的金钱纠纷也能防患于未然。或者，说不定也可以借由确认点数消耗，来监视学生的消费习惯。

不过，无论如何，全部的点数都将由校方无偿提供。

"在设施内对机器感应或出示就可以了。使用方法很简单，应该不至于不会操作吧。点数将在每个月一号自动汇入，现在每个人也应该已经公平地被分发了十万点。另外，每一点值一日元。到此应该不需要更多说明了吧。"

教室瞬间闹哄哄了起来。

也就是说，我们刚入学，就从学校那边收到了十万日元的零用钱。真不愧是与日本政府有密切关系的大规模学校呢。

这对于高中生来说，是一笔相当大的金额。

"对学校发放这么多点数感到吃惊吗？这所学校是以实力为标准来衡量学生的。能够入学的你们，也拥有与其相应的价值及可能性。对此，点数就代表着学校对你们的评价。别客气，尽管使用吧。只是，在你们毕业后学校将收回这些点数。由于点数无法兑换现金，就算存着也不会有好处。点数汇给你之后，要如何使用都是你们的自由。就依照自己的喜好去使用吧。假如有人认为没有使用点数的必要，也可以转让给别人。但是，请别做出恐吓他人的行为，校方对于霸凌问题的处分可是相当严厉的。"

在充满困惑的教室内，茶柱老师环视着学生们。

"似乎没有人要提问。那么，祝你们有个美好的校园生活。"

对于十万点如此庞大的数字，大部分同学看来都无法隐藏心中的讶异。

"这所学校似乎没有想象中的严格呢。"

本来以为这是堀北的自言自语，但因为她看向我这边，我才了解这是在对我说话。

"该怎么说呢？的确是非常宽松啊。"

学校有强制住宿、禁止离开学校、禁止与外界联络等限制，但校方无偿提供了点数及周边设施，因此也没有什么好不满的了。

换个角度来看，甚至也能说学生是被招待到了乐园。

而这所高度育成高中最大的魅力，在于几近于百分之百的升学率及就业率。

由国家主导的这所学校，执行着彻底的指导，并且致力支持学生完成未来的梦想。

实际上，学校针对这一点也做了大规模的宣传。毕业生当中，有不少人是因为从这所学校毕业而成名的。通常即使是再知名、再优秀的学校，专业领域的数量也相当有限。要不就是体育，要不就是音乐，又或者就是与电脑相关。但在这里，不论选什么专业，都能够让人实现愿望。

这就是一所有着如此制度及高知名度的学校。

因此我认为班上的气氛应该更加朝气蓬勃一点。可是大多数同学看起来就像随处可见的学生。

不，也许正因为这样，大家才会这么坦然吧。我们已经入学，换句话说是已被认同的存在。之后只要能平安无事撑到毕业，就能达到目的了……但事情真的有可能这么简单吗？

"简直是对我们好到有点可怕的程度呢。"

听着堀北的这席话，我也深有同感。

这所学校的详细状况，就仿佛罩着一层神秘面纱，净是些未明了的状况。

正因为这所学校能够实现愿望，也不得不让人觉得，为此应该会存在着某些风险。

"回去的时候要不要去逛逛各种商店？一起去逛街嘛！"

"嗯，反正有这些点数的话，想买什么都可以。能进这所学校真是太好了！"

老师离开后，留下因得到巨款而开始慌了手脚的学生们。

"各位，稍微听我说句话好吗？"

在这之中迅速举起手的，是名身上散发出完全就是个有为青年气质的学生。

连头发也没染，看起来就像是模范生。表情上也感觉不到任何不良的元素。

"从今天开始，我们就要在同一个班级一起生活了。所以，我想从现在开始，我们就来自发性地进行自我介绍，这样大家能快点成为朋友呢。距离开学典礼也还有时间，怎么样？"

竟然作了相当了不起的发言，是大部分学生虽想却开不了口的话。

"赞成！我们彼此之间连名字都还不知道。"

一人先带头如此说道，尔后不知如何是好的学生们，也一个接着一个表示赞成。

"我的名字叫做平田洋介。初中时大家通常都叫我洋介，因此希望各位直接叫我的名字就好。我对每一种运动都有兴趣，但其中特别喜欢足球。在这所学校里我也打算踢足球。请多多指教。"

身为提案者的有为青年，流畅地做出无可挑剔的自我介绍。

这真是了不起的胆量。而且，秀出强项是足球的家伙一出现，开朗的脸庞与足球一结合起来，他的人气就增加了两倍。不对，是增加到了四倍！你看看，在平田身旁的女生，眼睛都已经变成了爱心形状。

这种家伙八成会成为班上的中心，并率领大家直到毕业吧。

然后，应该会跟班上或同届里最可爱的女孩交往，这是剧情发展走向之一。

"可以的话，希望大家从头开始一个个自我介绍。大家觉得怎么样？"

平田非常自然、若无其事地征询大家的同意。

最前面的女学生，看起来虽然有些不知所措，却马上就下定决心站了起来。

与其这么说，不如说她是为了回应平田对她所讲的话，才会如此急急忙忙地站起来。

"我……我叫……井之头……心……心。"

这位想报上名却语塞的女孩，自称井之头。不晓得是脑袋成了一片空白，还是没整理好想说什么就开始自我介绍的缘故，她在这之后就挤不出半句话，面色也渐渐苍白了起来。可以这么坦率表现出紧张心情的人，也相当罕见呢。

"加油!"

"没关系，不用慌张。"

同学们传来了温柔的鼓励。但不知是否造成了相反的效果，她反而更加说不出想说的话来了。沉默持续了五秒、十秒，少女面对着来自周遭的压力。

结果一部分女生甚至还忍不住轻声笑了起来。而她就这样一动也不动地呆站着。

在这种情况下，一名女生对她柔声说道：

"慢慢来，别紧张。"

这句话乍看之下与"加油"或"没关系"意思差不多，其中包含的意义却完全不同。

虽然同为鼓励对方，但是向极度紧张的人说出"加油"或"没关系"这种话，也带有勉强对方迎合他人的含义。

而"慢慢来，别紧张"则有着不必迎合他人的意思。

她好像因为听见了这句话而稍微冷静下来，并且"哈呼呼"地试着稍微调整呼吸。接着不久……

"我叫井之头……心。呃，我的兴趣是缝纫，尤其对编织很拿手。请……请多多指教。"

看起来说出第一句话之后，就能顺利讲出自己想说的话了。

井之头露出似乎放心但又好像有点开心、害羞的模样，便坐了下来。

多亏有人解围，这名叫做井之头的少女，才得以平安无事地过去。自我介绍继续往下进行。

"我叫山内春树。读小学的时候桌球曾打进全国比赛，初中时期是棒球社团的王牌投手，背号是四号。但在高中联赛时受了伤，现在正在复健中。请多指教。"

打棒球背号是四号这件事情，我想应该没有什么特别的含义……

而且话说回来，高中联赛是高中的体育大会，初中生应该不能参加吧。

这是个故意来讲玩笑话的家伙吗？他给人一种嘴快、轻浮的印象。

"那么下一个就是我了！"

充满活力站起来的人，就是刚才鼓励井之头可以慢

慢说的少女。

同时也是今天早上在公交车上帮助老妇人的那名女孩。

"我叫栟田桔梗。因为没有一个初中同学和我一起进这所学校，所以我是孤零零的一个人。因此，希望能快点记住大家的长相及名字，并且成为朋友。"

大多数同学都是简短说句话，打声招呼便结束。这名叫栟田的少女却把话继续说了下去。

"我的第一个目标，就是和在座的各位搞好关系。大家的自我介绍结束后，请务必和我交换联系方式。"

我的直觉告诉我，她不会只是嘴上说说，而是绝对立刻就能和人打成一片的那类人。

我还觉得，她对井之头说的话也不单是随口的鼓励。

因为她已经散发出了那种"我跟谁都能成为好朋友"的感觉。

"还有，我想在放学后或者假日，跟朋友尽情玩乐，制造很多回忆，所以请尽管来约我。话有点多，但我的自我介绍就到此结束。"

无论在男生或女生之间，她都将会很有人气吧。

话虽这么说，但现在可不是评论别人自我介绍的时候。

心中这份异常不安的感觉究竟是什么呢？

"轮到自己的时候该说什么才好？是不是搞笑比较好？"我不由得开始思考起来。

要以超级情绪高涨的自我介绍来博君一笑吗？

不过啊，突然间就情绪高涨，好像又很破坏气氛。而且说起来，我也不是那种个性的人。

就在我左思右想的时候，自我介绍也在继续着。

"那么下一位——"

平田为了催促速度，将目光转到下一个同学。但这位同学却恶狠狠地瞪着平田。

这是位头发染得鲜红、完全符合"不良"这个字眼的少年。

"你当我们还是小鬼？根本就不需要什么自我介绍！要做的人自己去做就好了。"

红发少年以随时都会跟平田争辩的态度瞪着他。

"我没有办法强迫你。但我觉得和同学感情变好，并不是什么不好的事情。如果这带给你不愉快的感觉，我向你道歉。"

看见平田直视他并低下头的姿态，一部分女生开始怒视红发少年。

"只是自我介绍又不会怎样。"

"对嘛！对嘛！"

真不愧是帅气足球少年，转眼之间就拉拢了大部分的女生成为伙伴。

只是另一方面，却似乎引发了以红发少年为首的男性同学近似于嫉妒的怒火。

"吵死了，我又不是为了玩交友游戏才来这里的。"

红发少年站了起来，同时数名同学也跟着他一个接一个地走出教室，似乎判定没有必要跟同学增进关系。同时，坐在邻座的堀北，也慢慢地站了起来。

堀北的脸稍微面向了我这边，但知道我没有动静以后，就马上走掉了。平田看起来有点落寞地目送堀北他们的背影。

"这不是他们的错，是擅自要大家自我介绍的我不好。"

"怎么会，平田同学什么也没做错呀！不要管那些人，我们继续吧？"

部分同学以不接受自我介绍的形式离开了教室，留下的则继续进行。大多数同学都顺从了主流意见，这也是人之常情。

"我是池宽治。喜欢女孩子，讨厌帅哥。随时都在招募女友，请多指教。当然期待的是位可爱的女孩或美女！"

很难判断这究竟是搞笑还是认真的，不过至少招来了女生的反感。

"好厉害，池同学好帅。"

有个女生用让人明白这话百分之一千是谎言的毫无

起伏的声音如此说道。

"真的假的？呃，其实我觉得自己不错啊。嘿嘿！"

池好像是当真了，并有些害羞地搔搔脸颊。

这个瞬间，女生们哄堂大笑起来。

"干吗呢？大家真可爱，我是真的在招募女友！"

不，你正在被人嘲笑啊！

得意忘形，而且不知为何还挥着手的池，看来不是什么坏人就是了。

接着下一个，便轮到了今天早上搭同班公交车的男学生——高圆寺。

他一面拿着小镜子照稍长的刘海，一面用梳子无意义地梳理着。

"不好意思……能麻烦你自我介绍吗？"

"哼，好吧。"

他短暂地露出贵公子般的微笑，并若隐若现地摆出目中无人的态度。

本以为他会把修长的双腿从桌上移开并站起来，谁知高圆寺却继续跷着双腿，并用岂有此理的姿势开始自我介绍。

"我的名字是高圆寺六助，是高圆寺财阀的独子，并且是个迟早要肩负日本社会的男人。今后承蒙指教，年幼的 Lady 们。"

与其说是对全班，不如说他只对女生们做了自我介绍。

女生们并没有对有钱少爷投去闪闪发亮的眼神，而是只对高圆寺投去看待怪人的眼光……这也是理所当然的。

"还有，对于做出会令我感到不愉快行为的人，我将会毫不留情地加以制裁。你们就多加留意这件事情吧。"

"高圆寺同学，所谓会令你感到不愉快的行为是指什么？"

不知是否对于制裁这个词汇感到不安，平田如此回问道。

"就如字面上的意思啊。若要举例的话……我讨厌丑陋的东西。假如让我目睹那样的东西，究竟会发生怎样的事呢……"

高圆寺姿态飒爽地把长刘海往上拨了拨。

"谢……谢谢你，我会多加注意的。"

红发男、堀北及高圆寺，还有山内、池，看来难以应付的学生似乎都聚集在这间教室里了。在这么短暂的时间内，就已窥见到了各式各样同学的一面。

我则是没有任何特别癖好或特色的人。

我只是想要自由地……没错，成为自由的鸟儿。一只从笼中飞出的鸟儿。

不去思考未来的事情，只想试着飞向那片苍穹。

你看，往窗外看就能看见优雅展翅飞翔的小鸟……虽然现在看不见。

总而言之，我就是这样的男人。

"那么，下一位——那边的同学，轮到你了。"

"咦？"

糟了，沉浸在幻想中的我不知不觉就轮到了。众人目光正期待着我的自我介绍。喂喂！别用那种期待的眼神盯着我吧（自以为）！

真是没办法，我就使出浑身解数来自我介绍吧。

噔！我气势满满地站起。

"呃……那个……我是绫小路清隆。那个……呃……没有特别擅长的事情，但会努力与大家好好相处，呃……所以请多多指教。"

我结束自我介绍并匆忙就座。

呼……大家都听见我的自我介绍了吗？

我失败了！

我不禁双手抱头。

都是因为过于沉浸在幻想之中，导致没有充裕的时间好好思考如何自我介绍。

不仅没有引起任何人的注意，连印象也没留下。我就这样结束了糟糕的自我介绍。

"请多指教哦，绫小路同学。我们也一样，都想与大家好好相处，一起加油吧。"

平田发出爽朗笑声对我说道。

虽然是零零落落，但掌声还是响了起来。感觉他们是看穿了我的失败，而在帮我圆场。

这种与其说是同情，还不如说是怜悯的掌声，使我格外痛心。

很不甘心的是，即使如此我心底也有点开心。

3

虽说是严格的学校，但开学典礼跟一般学校没什么两样。

听完地位崇高人士所给的训勉，便顺利地结束了。

上午，我们大致听完学校的介绍后，就解散了。

七八成学生直接去了宿舍，剩下的则已经形成小团体，有的要去咖啡厅，有的要前往卡拉OK。转眼间喧嚣就消逝了。

顺带提一提，我想在回宿舍前，顺路去我非常有兴趣的便利商店。当然，我是一个人去，因为我连半个能陪我去的朋友都没有。

"又是个让人讨厌的巧遇呢。"

我一进入便利商店，就撞见了堀北。

"你别这么警戒啦。话说回来，你也来便利商店是有事要办吗？"

"嗯，我来买一些必需品。"

"今后的宿舍生活，将会需要不少的必需品。女生的话，想必会需要各种东西。"堀北一边确认商品，一边对我这么说道。

堀北利落地把洗发精等日用品放入提篮。原本以为她只是随便选的，没想到是专挑便宜货。

"我还以为女孩子都会对洗发精之类的很讲究。"

"因人而异吧！也不知道未来何时会急用钱。"

能不能别擅自偷看别人买的东西？仿佛如此诉说着的冰冷视线传了过来。

"话说，我非常意外你会留下来自我介绍。因为你看起来不像是想成为班上一分子的那种人。"

"正因为我是避事主义，才会想默默地加入那种场合。堀北你，为什么没有参加自我介绍啊？那不过是自我介绍。通过自我介绍，不仅能和很多学生搞好关系，同时也是个交朋友的机会。"

当时已有不少同学直接就交换了手机号码等联络方式。

如果是堀北的话，也许马上就能够成为人气王，真是太可惜了。

"我想到好几个能够反驳的理由，说明一下也许比较好。就算做了自我介绍，也没办法保证一定能交到朋友。还有，也许因为自我介绍，还会产生某些争端。既然如此，一开始就什么都别做，就不会产生问题了。我有说错吗?"

"但是以概率来说,做自我介绍能增进人际关系的可能性比较高吧?"

"那个概率是如何推导出来的?虽然这么说,即使深究其原因,也只会引来无休无止的争论,因此就先假设成你所说的那样吧,自我介绍有交到朋友的可能性。那你找出跟谁能要好起来的可能性了吗?"

"唔……"

堀北一直盯着我如此说道……原来如此。这真是精彩的结论。

事实上,我也没跟任何人交换过联络方式。这也成了无法证明自我介绍好处的最佳证据。由于堀北的主张,让我不由得避开了她的视线。

"换句话说,自我介绍等于容易交朋友的这个假设无法证实。"

而堀北更是这么补充道:

"说起来,我本来就不打算交朋友。因此,我不但没必要自我介绍,也没必要在那边听自我介绍。这样说你能接受吗?"

这么一说来,在刚开始我对堀北自我介绍时,她也是持否定态度……

现在回想起来,她愿意把名字透露给我,说不定这就已经是奇迹了。

"有意见？"她对我如此提问，我摇了摇头。

每个人的观点都会有所不同，这是无法否认的事实。

堀北说不定是比我想象的还要更孤僻……不对，更高傲的类型。

我们的眼神也没交会，就在便利商店内来回走动。

虽然她的个性好像有点严厉，可是在一起的时候，不知为何却不会令人不快。

"哇！泡面的种类也非常齐全，这所学校真的很方便呢！"

有两名男学生在速食食品前面喧哗着。他们将堆积如山的泡面放入提篮，并前往收银台。除了泡面外，提篮内还放置了许多零食、饮料。因为拥有多到用不完的点数，会如此消费也是理所当然的吧。

"泡面吗？种类竟然有这么多。"

买泡面也是我顺路来便利商店的原因之一。

"男生果然都很喜欢这种东西吗？虽然我觉得这种东西对身体不太健康。"

"我也不知道算不算得上喜欢……"

我伸手拿起杯状物，接着看了看它的标价。

上面写着一百五十六日元，但可惜我无法判断这算贵还是便宜。

学校使用点数作为货币单位，但这一带的商品皆使用日元来标示。

"喂，关于商品标价你怎么看？比较贵或者比较便宜。"

"这个嘛……我没感觉到与校外有什么不同之处。你发现了什么吗？"

"没有，我只是问问而已。"

便利商店内摆设的商品，看来似乎是定在了一个所谓合理的价格。

这么说来，每点点数果然都代表着一日元。

考虑到高一学生平均零用钱都在五千日元左右，十万日元便是个与其差距悬殊的金额。

堀北看见我举止有点可疑，一脸狐疑地盯着我的脸。

接着，她挑了一个最便宜的洗面奶。女孩子的话，应该会更讲究些吧。

"反正都要买了，这个不是比较好吗？"

我拿起价格较高像是泡沫式的洗面奶给她看。

"不需要。"

我被简短地拒绝了。

"呃，但是……"

"我不是说我不需要吗？"

"好吧……"

被她瞪了一眼，于是我默默把洗面奶摆回架上。

原本想着就算被骂，也要活跃气氛，但却失败了。

"你好像也不善交际呢。沟通技巧太差了。"

"既然连你都这么说的话，那可能确实如此吧。"

"也是，至少我自认有看人的眼光。一般而言，我是不会再次开口跟你讲话的，不过看在你的努力令人感动的分上，于是就可怜了你一下。"

看来我渴求朋友的这个念头，全都被她知道了。

我们两人的对话，便在此突然中断了。

和女生两人在便利商店内购物的这件事情，还是让我感觉到些许不可思议。因为堀北也算是个可爱的女孩子。

"喂，这是怎么回事啊？"

为转移话题，我环顾四周发现了一个奇怪的东西。

在便利商店的一隅，放着部分的食品及生活用品。

乍看之下与其他东西并无不同，却有着唯一一点巨大差异。

"免费？"

堀北似乎也觉得不可思议，拿起了商品。

在贴有"免费"标签的购物推车上塞满了牙刷或创口贴这种日常用品，并附加上了"每月最多三样"的条款。其周围显然散发着异样感。

"这是给过度使用点数者的救济措施吗？学校还真宠学生呢。"

也就是说，校方的服务无微不至到如此程度吗？

"吵死了！等一下啦！我正在找了！"

突如其来的巨大声音盖过了柔和的背景音乐，并传遍了整间便利商店。

"那就快一点啊！都塞住后面队伍了。"

"啊？你有什么不满吗？"

似乎是因为结账问题而起了争执。两名男生互不相让地对骂了起来。当中露出不悦神色的是一名似曾相识的红发学生。他的手上紧握着一碗泡面。

"发生什么事了吗？"

"啊？你谁啊？"

本打算友善地向前攀谈，红发男却似乎误以为多了个敌人，便以强硬态度威吓我。

"我是跟你同班的绫小路。看见你好像有麻烦，才跟你搭话。"

说明来由后，红发男不知是否因为稍微理解了，声音也变得冷静了一些。

"啊……这么说起来，我好像也对你有印象。我忘记带学生证了。我把学生证会代替现金的这件事情给忘了。"

见他两手空空，看起来是回过宿舍，是在那时候忘记带的吧。

老实说，我也没有需要用学生证结账的这个概念。

"如果你不介意的话，我来帮你垫付吧。再回去拿也很费事吧。"

"也是呢，确实很麻烦，火都上来了。"

距离宿舍并不是很远，但像现在这时候，来买午餐的学生也陆续在收银台后方排成了长长人龙。

"我是须藤，就麻烦你先帮我垫付了。"

"别客气，须藤。"

须藤把泡面递过来，交代我要加热水便走了出去。看着这简短对话的堀北，好像觉得不可置信似的叹了口气。

"才初次见面就被随意使唤呢。你打算成为他顺从的小弟吗？还是说，这是你为了交朋友而采取的行动？"

"该说是交朋友吗……反正只是顺便，没事。"

"看来你并不会害怕他呢。"

"害怕？为什么？因为他像个不良少年吗？"

"一般人都会想跟他那种类型的人保持距离。"

"还好吧，在我看来那家伙并不是个坏人。而且你不也不会害怕？"

"因为会避开那类人的，几乎都是没法自保的人。如果是我的话，假设他诉诸暴力，我也能把他给击退，因此我才没有退缩。"

堀北所说的每句话，不知该说是有点吹毛求疵，还是与众不同。说起来，这击退是指什么？她是自备防狼喷雾之类的东西吗?

"我们快点买吧,不然会给其他学生添麻烦。"

我和堀北一起买完东西。在收银台被要求出示学生证,通过收银机,立刻结清不必收零,付款十分顺畅。

"真的可以当作钱来使用啊……"

收据上印着各项商品的价格以及剩余的点数,结账就这样顺利结束了。等待堀北期间,我把热水倒入泡面。本以为很麻烦,结果只要打开盖子并将热水倒到线为止就好了。

不过这还真是所令人毛骨悚然的学校。

给每个学生发那么多钱,到底有什么好处呢?

今年的入学人数应该是一百六十人左右,大致算算,这所学校的在校生有四百八十人左右。光是这样每个月就要四千八百万,一年就是五亿六千万日元。

就算是由国家负担费用,也做得太过火了。

"让我们拿这么多钱,对学校来说会有什么好处啊?"

"也是呢……光是校内的设施,就足以吸引学生了。我不觉得有必要发学生那么多钱。而且,这样学生也很可能会忽略读书的本分。"

这如果是在考试或努力后所颁发的奖赏,那还能够理解。

成功就会有现金奖励,学生的干劲也会上升吧。

　　然而，校方对点数的获得，却没有设置任何条件，而是将高达十万日元的钱直接发给全体学生。

　　"虽然无法命令你，但我劝你还是尽量别乱花钱。因为一旦习惯铺张浪费，之后要节俭的话就很辛苦了。人类只要体验过一次舒适生活，就无法轻易将其舍弃。生活水平降低时，所受到的精神打击可是很大的。"

　　"我会谨记在心。"

　　我原本就没打算将钱花在杂项上，这一点应该是没问题。

　　结完账走到店外，看见须藤蹲在便利商店前。

　　他发现我之后，便举起手简单地打了声招呼。为回应他，我也将手稍微抬起，有些好像是开心，又好像是害羞的心情。

　　"你该不会要在这里吃吧？"

　　"当然啊，在这里吃是这世上的普通常识。"

　　须藤理所当然似的回答道，但我很为难，堀北也无法置信地叹了气。

　　"我要回去了，我可不想在这里降低自己的格调。"

　　"说什么格调啊，高中生这么做很普通吧？还是说，你是哪家的千金大小姐？"

　　须藤与堀北争论着，但堀北却连看也不看他。

　　须藤气得把泡面放在地上就站了起来。

　　"你什么意思？别人说话的时候就好好听啊！喂！"

"他怎么了？突然生起气来。"

堀北始终都没和须藤说话，只向我这么问道。

这举动似乎让须藤越发不满，以要扑过去抓住对方般的猛烈气势吼叫着：

"过来呀！小心我狠狠揍你一顿！"

"我承认堀北的态度很差，但你也有点生气过头了。"

不管怎么说，须藤也太容易生气了。

"啊？你说什么？是态度嚣张的这家伙不对吧？明明就只是个女人！"

"明明就只是个女人……你还活在上世纪吗？我劝你还是别跟他做朋友。"

堀北说道，直到最后都没跟须藤对话，就转过身去。

"等一下啊，喂！臭女人！"

"你冷静点！"

我慌忙地制止了想向前揪住堀北衣领的须藤。

堀北并没有因此停下脚步，头也没回地就这样回宿舍了。

"那家伙搞什么啊！可恶！"

"每个人性格都不一样嘛。"

"烦死了，我很讨厌像她那种一本正经的家伙。"

就连我也被瞪了。须藤粗鲁地抓起泡面，掀开杯盖吃了起来。

刚才在收银台前引起的争吵也是，也许须藤的怒点有点低。

"喂，你们是一年级的？这里可是我们的地盘哦。"

正当我看着须藤吃泡面时，同样拿着泡面的三人组从便利商店走出来，叫住了我们。

"想怎样啊你们？是我先来这里。你们很碍眼，快点滚吧。"

"听到了吗？他说让我们快点滚欸。看来来了个相当嚣张的一年级学生啊。"

他们对须藤的争辩咯咯笑。须藤见状突然站起，将手里吃到一半的泡面往地上一砸，弄得一地的汤汁和面。

"喂！少因为我是一年级学生就瞧不起我！"

这已经不算有点了，须藤的怒点是非常低。看来他是马上就能威吓叫嚣别人的那种个性。

"对我们这些二年级前辈你还真敢讲啊，喂。这里不是放着我们的行李吗？"

二年级的学长"砰"的一声放下行李，然后哈哈大笑。

"好了，这里放着我们的行李。所以你马上给我滚。"

"真是好大的胆子啊，混账。"

须藤丝毫不畏惧人数差异，与对方杠上。现在互相殴打也看似一触即发。他该不会把我也算进去了吧？

"真可怕……你是哪个班的？让我来猜一下吧。是D班对吧？"

"那又怎么样！"

须藤这么答完，全体高年级生互相对看，突然爆出大笑。

"听见了吗？他说他是D班的欸。果然啊！真是原形毕露呀。"

"啊？你什么意思啊！喂！"

须藤态度激动，那群男生却一边贼笑一边往后退。

"今天就先把这里让给你们这些可怜的'瑕疵品'吧。我们走！"

"你们想逃吗！"

"丧家之犬就叫吧，继续叫吧！反正你们马上就会见识地狱。"

见识地狱？

从他们脸上流露出显而易见的从容神色。这是怎么回事呢？

话说回来，我还以为这所学校肯定都是些大少爷、大小姐，没想到像刚刚那伙人，或者像须藤这类的夸张家伙，其实还挺多的。

"啊……可恶，不管是刚刚那个女人也好，二年级的学生也好，都是些烦人的家伙！"

须藤也没收拾散乱在地上的面及汤汁，就这样手插进口袋回去了。

我抬头仰望便利商店的外墙，那里装着两台监视器。

"这代表事后有引发问题的可能性吗……"

我无可奈何地蹲下，捡起泡面碗后，就开始善后。

尽管如此，那些二年级学生一知道须藤是 D 班的，态度就瞬间转变了。

我的确很在意，不过现在也不可能推论出答案。

4

下午一点过后，我回到了从今天起就是自己家的宿舍。

从一楼管理员那里拿到了写着 401 的房卡，以及写着宿舍规范的手册，我便进了电梯。看了看手册，内容有倒垃圾的日期与时间，及请勿制造噪声的提醒。里面全都记载着像避免浪费水电等基本生活事项。

"电费或燃气费也没有限制吗……"

我还以为费用铁定会从点数里扣除。

这所学校真的是为了学生而费尽心思。

男女共用宿舍让我也有点惊讶。但虽说如此，手册上也注明了"禁止进行与高中生身份不相符的恋情"。教师是不可能允许不正当男女交际的。

然而，我对这般舒适日子是否真能培育出杰出的人深感怀疑，但作为学生，还是先尽情享乐吧。

　　我的房间仅有八张榻榻米（注：约四平方米）这么大。不过，从今天起这里就是属于我的家了。尽管是学校宿舍，这也是我初次独自生活。毕业之前我将断绝所有外界联络。

　　这令我不禁绽放出笑容。

　　这所学校以高就业率为傲，设施及待遇也都让他校难望项背，是日本首屈一指的高中。

　　可是这些事对我而言，全都无关紧要。我会选择这所学校唯一且最大的理由，就是无论初中时期的朋友也好，双亲也好，未经允许皆无法与在校生联系。

　　这是……何等值得高兴的事情啊。

　　我是自由的。自由。用英语说的话是 freedom，法语的话是 Liberté。

　　自由最棒了不是吗？能在任意的时间里吃饭、睡觉、玩乐，就是这么回事吧？虽然这并不像是刚才那群人的语气……我还真不想毕业啊……

　　在我考上这所学校前，老实说本来觉得怎么样都无所谓。

　　不管有没有考上，都无关紧要。

　　然而，现在心中却终于涌出"能考进这所学校真是太好了"这般真切的感觉。

　　任何人的目光、话语，已经都不会传达过来了。

　　我能够改头换面……不对，是能够开启崭新的人生了。

　　总之，就先向自己发誓吧——要低调、简单开心享受学生生活。

　　我就这样穿着制服，跳进了整齐的被窝。然而，别说是睡意袭来，这令人兴奋不已的情况，使我不仅无法冷静，而且还越来越亢奋了。

D班的各位

开学第二天，由于是第一天上课，课堂上多半只做了学习计划等说明。

老师们都开朗、友善到让人不觉得这里是升学学校，应该令不少学生大失所望吧。甚至连须藤也已经摆出一副大人物的样子，几乎每堂课都睡觉。老师虽然注意到了，却完全没有想劝诫他。

听不听课都是个人的自由，老师不予以干涉，这就是对于非义务教育的高中生们所采取的态度吗？

在轻松的气氛之中进入了午休时间。学生们各自离席，与相识的人结伴前去用餐。我有点羡慕地注视着这般光景。可惜到最后，我连个能要好起来的同学都没有。

"真悲哀呢。"

另一名落单者察觉到我这样的状况，对我投以了奚落的眼神。

"干吗啊，什么悲哀啊？"

"真想被谁邀请、真想跟谁一起吃饭——因为我看透了你这浅薄想法。"

"你也是一个人吧，难道就没有跟我同样的想法吗？还是你打算三年都不交朋友，孤单一人？"

"对啊，我比较喜欢一个人。"

　　堀北毫不犹豫地回答道。听得出来是打从心底如此说的。

　　"你还是别管我了，不如替自己现在的情况想点办法吧？"

　　"也是哦……"

　　连一个朋友都没有的我，确实不能自以为是地说出这种话来。

　　老实说如果再这样下去没交到朋友，往后会变得很麻烦。被孤立后也会成为显眼的存在。要是成为霸凌对象，才是惨不忍睹。

　　才下课一分钟，班上大约一半的学生便消失无踪了。

　　剩下的同学里，有像我一样虽然很想跟谁一起去哪里，却畏缩不前的人，也有打从一开始就没意识到这种事情的人，或者像是堀北那种喜欢独来独往的家伙。

　　"呃……我接下来想去餐厅，有没有人要一起去？"

　　平田一站起来就说出这样的话来。

　　我对这家伙的思考回路，或者说是生活充实的样子，感到相当钦佩。而我的内心某处，说不定就在盼望着制造这种契机的救世主。

　　平田啊，我现在就过去。我下定决心，并准备慢慢举起手……

　　"我也要去！""我也要！"

我一看见平田周围不断聚集过去的女生，就放下了正想举起的手。

为什么女生要举手啦！那明明就是平田对落单男生所展现的体贴！就算他有点帅，也不要连吃饭都屁颠屁颠跟着他走啊！

"真是悲惨呢。"

堀北的眼神从奚落转为鄙视。

"不要擅自揣测别人的内心啦！"

"还有没有其他人？"

也许是因为没有男生而感到有点寂寞，平田张望了四周。

平田的视线在教室里大幅移动，然后，当然也与身为男生的我眼神交会。

这边啊！平田，快点注意到我啊！期盼被你邀请的男人就在这里啊！

和我对上眼的平田，没有将视线离开。

真不愧是老好人，他理解我的请求了吗！

"呃……绫小……"

平田似乎为了回应我，刚开口想叫我名字的瞬间……

"快走吧，平田同学。"

一名辣妹风格的女生没察觉到我，就这样抓住了平田的手臂。

啊……平田的目光被女生给夺走了。接着，平田与女生们其乐融融地走出了教室。留下的只有我悬在半空的手，以及上半截身子。

我感到有些羞耻，于是便假装在抓头蒙混过去。

"我先走了。"

堀北留下怜悯的眼神，也一个人走出了教室。

"真空虚啊……"

我无可奈何一个人寂寞地离开座位，决定前往餐厅。

如果餐厅里的气氛没办法让我独自用餐，那就去便利商店随便买点什么吧。

"你是绫小路同学……对吗？"

正想前往学生餐厅，突然被一名美少女叫住。是班上的枡田。

因为是第一次像这样面对面，我的心怦怦跳个不停。

齐肩稍短棕色直发。她将裙子穿成学校能允许的最短长度，充满着高中女生的感觉。她手上拿的化妆包挂着许多钥匙圈，我已经无法判断她究竟是在拿化妆包，还是在拿钥匙圈了。

"我是同班的枡田哟，你记得我吗？"

"有些印象，找我有事吗？"

"其实……我有事想要问你。虽然是件小事情……绫小路同学是不是跟堀北同学关系很好？"

"并不怎么好啊，普通啦，普通。那家伙怎么了吗？"

看来与其说是找我有事，不如说堀北才是她的目的。有点哀伤。

"啊……对……我不是想快点跟班上同学要好起来吗？于是正在一个一个问联络方式。可是……被堀北同学拒绝了。"

那家伙也太过分了吧，既然有这么积极的人，给她联络方式不就好了。这么一来，说不定就能格外顺利地融入班级。

"入学典礼那天，你们也在学校前说过话吧？"

可能是与我们坐的是同一辆公交车，她恰巧看到我跟堀北的相遇。

"堀北同学的性格怎么样呢？是在朋友面前会讲很多话的人吗？"

她是想知道堀北的事情吗……虽然问了很多问题，但我好像没有一个能答上来。

"她是有点不擅长与人交际。不过为什么要问堀北的事？"

"你看，在自我介绍的时候，堀北同学离开了教室对吧？看起来好像还没跟任何人说过话，所以我有点担心。"

这人在自我介绍的时候，好像说过希望和全班要好起来。

"我明白你的意思，可我也是昨天才认识她的，所以帮不了你。"

"嗯……这样呀。我还以为你们一定是之前同校，或是老朋友。抱歉呀，突然问你奇怪的问题。"

"没关系。不过，为什么你会知道我的名字？"

"你问为什么……你不是自我介绍过了吗？我牢牢记住了哦。"

看来栉田认真地听了我那无可救药的自我介绍。

光是这样，我就已经非常开心了。

"那就请你多多指教喽，绫小路同学。"

她向我伸出手。我虽然有点不知所措，不过还是把手往裤子上擦了擦，接着握住她的手。

"请多指教……"

古人云：祸兮福所伏。今天说不定会发生幸运的事情。

而人是一种时而单纯的生物，因此坏事总能轻易地被好事覆盖过去。

1

结果我只稍微瞟了一眼学生食堂，就顺道去便利商店买了面包回教室。

留在教室里的大约有十名同学，有与朋友并桌吃饭的，也有独自安静用餐的人。如果要说共同点，那就是由于所有学生都住校，大家几乎都是吃便利店或学生餐厅的便当吧。

我正打算开始用餐，不知为何隔壁邻居却已经先回来了。

堀北桌上那个是在哪里买的呢？她正吃着看起来很美味的三明治。

因为她浑身散发着"不要跟我说话"般的气息，我就没跟她搭话，回到了自己的座位。

就座后，在我嚼着甜面包时，学校广播传来了音乐声。

"今天下午五点开始，将于第一体育馆举行社团说明会。对社团有兴趣的学生，请在第一体育馆集合。重复一遍。今天……"

可爱女性的声音随着广播传出。

社团吗？说起来，我还没参加过社团呢。

"喂，堀北……"

"我对社团没兴趣。"

"我什么都还没问吧。"

"那你要说什么？"

"堀北你不参加社团吗？"

"绫小路同学，你是痴呆了吗？还是说你只是个笨蛋呢？我一开始就回答我没兴趣了。"

"就算没兴趣，也不代表不会加入社团吧。"

"那叫作强词夺理，你还是好好记住会比较好。"

"好的……"

堀北对交朋友及社团都不感兴趣。我如此向她攀谈，想必也让她很厌烦吧。她单纯是为了升学或就业才进这所学校的吗？

若是升学学校，这也并非难以想象的事，但也觉得有点可惜。

"你还真是连一个朋友都没有呢。"

"真是抱歉，我至今能好好说上话的，就只有你而已。"

"我先声明一下，你可别把我算作是你的朋友。"

"嗯……"

"所以，你想去看社团，是打算加入什么社？"

"不是……怎么说呢，我还没开始想。不过估计也不会参加。"

"不打算参加社团，却又想去说明会。真是奇怪呢。还是说你将社团作为借口，实际上策划着去交朋友之类的呢？"

为什么这家伙会如此敏锐呢。不对，纯粹是因为我太好懂了吗？

"对第一天失败的我而言，我想剩下的机会就只有社团了。"

"邀请除了我以外的人不就好了？"

"就是因为没有邀请对象，我才烦恼啊！"

"说得有理呢。不过，我不认为绫小路同学你是真心这么说的。因为如果真的想交到朋友，自己就应该更主动一点。"

"我就是因为办不到，才会总是孤单一人好吗？"

堀北将三明治送往小巧的嘴巴，静静地重新开始用餐。

"有点难以理解你那矛盾的想法呢。"

想要朋友却无法交到朋友。堀北好像完全无法理解。

"堀北你没参加过社团吗？"

"是啊，我没有社团经验。"

"那除了社团之外，有什么其他经验吗？你果然体验过各种事了？"

"欸，你是有什么言外之意？我觉得这问题带有恶意。"

"恶意？什么啊，那能请你告诉我，刚才我想说的是什么吗？"

我的侧腹受到干净利落的一记下击拳。

让人料想不到是由女孩子所发出的猛烈一击，使我有点喘不过气来。

"你干……干什么啊！"

"绫小路同学，至今为止我已经警告过你多次，但看来就算讲了你也当耳边风。因此，今后我将毫不留情地予以制裁。"

"坚决反对！暴力无法解决任何问题！"

"是吗？从古至今，暴力之所以存在，是因为对人类而言，暴力终究是解决问题效率最佳的手段。不管是让对方听话，还是拒绝对方要求，施以暴力都会是最可靠、最迅速的方式。别说是国家与国家，就连警察也以执法者的立场，使用手枪与警棍之类的武器，借逮捕权来施行暴力行为哦。"

"还真是滔滔不绝……"

堀北像是在主张自己完全没有错一般堂堂正正地说道。包括至今为止的发言，她替自己的胡闹行为，找了某种程度上算正当的借口来反驳，真是恶劣。

"今后会全力净化绫小路你的心灵，为了你再生成人而施以暴力。"

"要是我说我也会对你做出同样的事，你要怎么办？"

反正她只会说出像是"男人对女人出手，真是太差劲了"或"你真卑鄙"之类的话吧。

"没关系。不过我觉得像这样的机会不会降临。毕竟我既不会说错话，也不会做错事。"

让人出乎意料的回答。她对于自己的正确性深信不疑。

堀北的外表与言语用词，都谨慎得像是个模范生，内在却是个令人意想不到的猛兽。

"知道了……知道了。今后我会多加注意的。"

我放弃邀请堀北，望向窗外。啊……今天也是个好天气呢。

"社团……吗？我想想……"

堀北是想到了什么吗？她一面自言自语，一面摆出了沉思动作。

"喂，放学后只去一会儿也可以吗？我可以陪你去。"

"你说只去一会儿，是指……"

"你刚才不是想说要我陪你去说明会吗？"

"是……是啊。我本来也没打算待太久，因为我只是在寻找交友契机而已。真的可以吗？"

"只去一会儿的话，可以。那么，就放学后再说。"

堀北这么说完，就继续用餐了。看来她愿意陪我去交朋友。

刚刚明明说没兴趣的，难不成绕了这么一圈堀北是个好人？

"看你交不到朋友，四处慌忙奔走的样子，好像也挺有趣呢。"

果然是个讨厌的家伙。

2

"比想象中人还要多欸。"

放学后，我跟堀北选了个合适的时间，来到了体育馆。

看上去像是一年级的学生，大部分都已经到齐。现场有将近一百人。

我们站在稍微靠后的位置，等待说明会开始。

同时阅读进体育馆时拿到的小册子。上面写着社团的详细资讯。

"这所学校有什么知名的社团吗？例如……空手道社之类的。"

"不管哪个社团水平似乎都很高，好像也有很多国家级的社团或选手。"

即使如此，棒球社或芭蕾舞社仅次于名校这一点，可见这所学校里的社团，还挺受重视的。

"册子上说，社团设备也远比同水平的学校还要齐全欸。你看，竟然连高压氧气舱也有。设备真豪华……这连职业级的都相形见绌。啊，只是好像没有空手道社。"

"是吗？"

"什么嘛，你对空手道有兴趣？"

"没有。"

"不过话说回来，没有社团经验的人很难参加体育社团呢。高中初次参加的，反正也只会是个万年候补。所以，我不觉得能从中找到乐趣。"

也就是说就算有齐全的设备、良好的环境，是否加入社团，也要再三思考。

"这要看你够不够努力吧？只要在一二年级不断练

习，不论谁都有可能性。"

练习吗？我实在不认为自己能这么拼命去做。

"对避事主义的绫小路同学你来说，练习应该与你无缘吧？"

"这跟避事主义有关系吗？"

"想避免无谓的劳动、平安度日的人，不就叫做避事主义？自己讲过的话，还是负责到底比较好。"

"我用词又没想这么深。"

"你就是这么随便，才会怎么也交不到朋友呢。"

"被堀北你这么说，我还真是内心受创。"

"各位一年级新生，让你们久等了。接下来，将由社团代表人，开始进行入社说明会。我是学生会的书记橘，将担任这次说明会的主持人。请多指教。"

主持人橘学长结束了开场词，社团代表人便在体育馆的舞台上排成了一列。

社团代表人形形色色。不仅有穿着柔道服看起来很强壮的学长，还有身穿漂亮和服的学姐。

"要不要改变想法试着加入运动社团？柔道不是很适合你吗？学长看起来也很温柔，这一定能成为你的动力。"

"哪里看起来温柔了啊？那种像大猩猩一样的体格，我肯定会被杀掉。"

"柔道简直轻而易举——我之后会跟他们如此转

达的。"

"请你千万别这么做啊！"

真是的，好不容易终于有了正经的对话，结果却尽是被耍着玩。

"不过，体育系社团好像真的很有魄力，有种谢绝初学者的气氛。"

"他们应该会欢迎初学者。因为社员越多的话，当然也就能从学校获得更多的经费来改善练习环境吧。"

"这样简直就是利用初学者来获得经费而已嘛……"

"尽可能地招揽社员来增加经费，之后再让他们成为幽灵社员，岂不是很理想吗？这个社会就是如此巧妙地运作呢。"

"这种社会还真是讨厌啊……不过你的想法也格外现实。"

"我叫做桥垣，担任弓道社的主将。我想很多学生对于弓道的印象就是老派、朴素。但其实非常有趣，也是值得去学的一项运动。我们很欢迎初学者，请务必加入我们的社团。"

台上身穿弓道服的女性学生，开始了社团介绍。

"你看，他们欢迎初学者哦。你要不要参加看看？"

"我绝对不去这种社团！而且，体育社团一定都是生活充实赢家聚集地。不被当一回事也不快乐，我现在已经看到我最终退社的结局了。"

"那不是因为你扭曲的个性才会产生的想法吗?"

"不对,这种社团绝对就是那样。体育社团就算了。"

像这种早已形成小团体的社团,我才不想加入。

如果是更加稳重、安静的社团,就比较好加入了。

在我看着学长们轮番介绍社团的时候,旁边堀北的身体突然剧烈晃了一下。她面色铁青地注视着舞台方向。

"怎么了?"

然而,她好像没有注意到我。

随着她的视线,我也往舞台看了过去,并没发现任何异样。

舞台上的人,似乎是棒球社的代表,穿着棒球球衣。

难道是对那个棒球社的人一见钟情了吗?但看起来也不像是。

是惊讶?害怕?或者是喜悦?堀北的表情很复杂,我无法理解。

"堀北,你怎么了?"

"……"

看来她真的没听见我的声音,就只是这样目不转睛地盯着舞台。

我心想还是别再继续向她搭话了,便开始倾听说明。

棒球社的说明,本身并没有什么出色之处。

68

内容为社团活动时间、社团魅力之处，以及欢迎无经验者等常规的招呼语。不只是棒球社，大部分的社团几乎都重复着类似的说明。

如果要说有什么新鲜的话，那就是这所学校里书道、茶道等小众文化性社团也很丰富，以及创办新社团最少需要三人。

每当轮换社团说明时，一年级新生就会互相讨论想法。

回过神来，体育馆已经沉浸在一片热闹的气氛之中。从担任监督角色的老师到社团代表，都不厌其烦向一年级新生们解说着。为了尽可能地招揽社员，他们也相当拼命。

结束任务的学长们，依序下台并前往摆着桌子的地方。说明会结束后，八成就会直接在那里进行入社申请吧。

从舞台上走下去一个人，两个人。接着终于只剩下了最后一个人。大家的视线都集中到他身上。

这时我才发现，堀北自始至终都只注视着那个人。

那个人的身高一米七左右，细长的身体，清爽的黑发。通过他造型利落的眼镜，能够窥视到其充满知性的眼眸。

站在麦克风前的那个学生，以沉着的姿态眺望着一年级新生。

究竟是什么社团、到底要做什么说明呢？我对此产生了兴趣。

但我的这般期待却落空了。因为那名学生连一句话也没有说。

难道说是紧张得脑袋一片空白吗？还是紧张得发不出声音？

"请加油！"

"没有拿稿子吗？"

"啊哈哈哈哈哈！"

一年级生传来了这般声音。然而，站在台上的学长却动也不动，只是一直站着。那些笑声及鼓励，仿佛都没有影响。

笑过之后，便突然冷场。

"那个人在搞什么啊？"体育馆里开始出现傻眼的学生，嘈杂了起来。

即使如此，台上的男子也不为所动。他就只是这样静静地一动也不动。

堀北一直凝视那名学生的双眼。

然后，轻松的气氛慢慢朝着意料之外的方向转变。如化学变化一样。

整个体育馆里弥漫着令人无法置信的紧张与寂静氛围。

这般寂静，恐怖到即使没被任何人命令，也让人感觉到不能说话。

如今已经没有人敢开口说话了。而这样的寂静，在持续了三十秒左右的时候，台上的学长终于慢慢地环视全体学生，开始说起话来。

"我是担任学生会会长的堀北学。"

堀北？我看着身旁的堀北。是碰巧同一个姓氏吗？还是说……

"学生会这次也伴随高年级的毕业，将从一年级新生中招募候选人。学生会对候选人没有特别要求，但若考虑加入学生会，请避免加入其他社团。想同时参加学生会及其他社团者，原则上将不予以采用。"

语气柔和，针扎般紧张感。光凭他一个人，就让这宽阔体育馆内一百多名的新生们闭上了嘴。

当然，具备这种力量，并非是身为学生会会长的缘故。这是眼前名为堀北学的学生自身所拥有的实力。整个场面的气氛，愈发沉重。

"我们学生会，不希望有天真想法参选的人。像那样的人，岂止是当选，想必还会给学校留下污点。我校的学生会，正因为被校方赋予改变规章的权利及使命，所以备受期待。我们只欢迎能理解这件事的人。"

一口气说完之后，他便直接下台，走出体育馆。

我们一年级新生能做到的只有不发一语地目送学生会会长。气氛紧张到无法闲聊的地步。

"大家辛苦了，说明会到此结束。现在将开始受理入社申请。另外，由于入社申请将一直进行到四月底，因此事后想再申请的同学，请直接携带申请表前往想加入的社团。"

多亏了从容不迫的主持人，紧张的气氛才得以渐渐烟消云散。

在这之后，介绍社团的三年级生们，便一齐开始受理入社申请。

"……"

堀北始终就这样站着，根本不想走。

"喂，你怎么了啦？"

与其说是堀北不回答我，不如说好像是我的话没传进她耳朵里。

"哟！绫小路同学，你也来了啊。"

正当我沉浸于思考时，有人向我搭话。原来是须藤。班上的池以及山内也跟他在一起。

"什么嘛，三个人竟然一起行动。你们已经这么要好了啊。"

我一面压抑着内心羡慕的心情，一面对须藤如此说道。

"你也要参加社团吗？"

"没有，我只是来参观。'也'这个字，是说须藤你要参加社团吗？"

"对啊，我从小学开始就热衷于篮球，所以在这里我也想打球。"

之前就觉得他的体格很结实，原来须藤打算加入篮球社啊。

"那你们两个呢?"

"我们是来凑热闹的，也可以说因为感觉很好玩才过来。另外，也期待能够来个命运般的邂逅。"

"命运般的邂逅?"

我反问池的奇怪目的，他双手抱在胸前，洋洋得意地答道:

"我的目标，就是在D班第一个交到女朋友，所以正在寻求邂逅呀。"

原来是这么回事。看来对池而言，交到女朋友最重要。

"话说回来，刚才的学生会会长还真是有魄力啊。有种势压全场的感觉!"

"是啊。一句话也没讲就让大家闭上嘴，一般来说是做不到的。"

"啊，对了对了。其实我昨天建了一个男生专用的群。"

池这么说着，便拿出手机。

"都特地建了，你也加进来吧。还蛮方便的哦。"

"咦，我也可以加入吗?"

"当然啊！因为我们都是一个班的啊。"

真是意想不到的建议。我很高兴地应邀加了群。

终于获得能够交到朋友的契机了！

正想拿出手机交换联络方式时，我看见堀北消失在人群之中。

看她的样子，我不知怎的有些担心，不禁停下了操作手机的动作。

"怎么了？"

"没……没事。那么我们交换吧？"

我重新开始操作手机，并且跟池他们交换了联络方式。

那家伙要单独行动也是她的自由，我没有干涉的权利。

虽然一瞬间有点恋恋不舍，但我最终还是没有追上去。

各位男士，久等了

"山内早安！"

"池早安！"

我一到教室，就看见池春光满面笑着向山内打招呼。

这两个人这么早就到校，还真是稀奇。入学典礼以来已经过了一周，池及山内几乎每天都是踩点来。就只有今天特别早。

"哎呀……太期待今天的课程，结果完全没睡着呀。"

"哈哈哈，这所学校真是太棒了，没想到从这个季节开始就有游泳课了。说到游泳课就是女孩子！而说到女孩子就是校园泳装！"

游泳课的确是男女一起上。换句话说，就会看见堀北、栉田，还有其他众多女生的校园泳装以及裸露的肌肤了。只是池跟山内闹得太过头，引起了部分女生的反感。

话说回来，我可不能再这样继续一个人坐着，永远离群下去。得积极地打入他们的圈子才行。悄悄观察好几次情况，幸好他们三人的对话已经中断。认为现在就是机会的我，站了起来。然而……

"喂！博士，过来一下。"

"叫我吗?"

绰号称呼为"博士"的胖胖学生,慢慢靠了过来。

印象中好像叫外村还是什么的。

"博士,你会好好记录女生的泳装吧?"

"交给我吧,我打算以身体不适作为借口来旁听。"

"记录?你打算让他做什么啊?"

"如果有机会就用手机拍照。"

"喂喂喂。"

须藤也对池的目的不是很认同。这种事要是被女生知道的话后果就严重了。但姑且先不论内容,我很羡慕这种朋友间的对话。真好啊,朋友。我也好想要朋友。

"真悲哀呢。"

"你也来了啊,堀北。"

"几分钟前刚到。你好像恋恋不舍地看着那群男生,所以才没有注意到我。这么想要朋友的话,不如先试着去搭话?"

"你很烦诶,不要管我。要是做得到我就不必烦恼了。"

"在我看来,你明明好像也没有沟通障碍。"

"我有很多苦衷啦。唉……没想到我到现在能够说上话的只有你。"

虽然跟池他们在群里聊过天,但还是无法好好面对面交谈。

"喂……我再重申一遍,你可别把我算作是你的朋友哦！"

堀北露出打从心底厌恶的表情，并与我保持距离。

"放心。我再怎么落魄，也不至于会有那种想法。"

"是吗？那我就稍微安心了。"

这家伙到底有多讨厌与人来往啊。

"喂……绫小路。"

池的口中突然冒出了我的名字。我抬起头，看见他笑着对我挥手。

"什……什么事啊？"

我讲话有些结巴，同时站了起来。这时堀北已经对我失去兴趣了。

总而言之，能进入他们群体的机会忽然翩翩降临。我朝池走过去。

山内好像想到了什么，便与博士和池勾肩搭背，开始窃窃私语。

"这件事只告诉你们，其实，我被佐仓告白了欸。"

"什么？真……真的吗！"

最惊讶、焦急的就是池。他在班上最先交到女友的目标，已经失败了吗？

"真的真的。但是要保密哦！那种不显眼的女生，我当然是拒绝了。"

"笨蛋。就算不可爱，不也应该交往试试吗？"

"如果不是栉田或长谷部级别的，我才不要。我对那种土里土气的女生不感兴趣。"

因为当事人不在场，山内便毫不客气地畅所欲言。

被告白的事情，也不知可不可信。

1

"是游泳池欸！"

午休结束，池他们期盼已久的游泳课终于来临了。

池毫不掩饰自己的心情，欢欣鼓舞地站了起来，成群结队出发前往室内游泳池。我也悄悄跟在他们后面吧。而正当我这么想的时候……

"一起走吧，绫小路。"

"咦？好……好啊。"

对于池所提出的邀约，虽然我回答得有点支支吾吾，但还是小跑步过去跟他们会合，前往了更衣室。

须藤为了快速换装，马上开始脱下制服，看得出经由篮球彻底训练过的肉体。和其他学生相比，他的出色体格也明显地更胜一等。

须藤与腰间围着浴巾的学生们相反，坦荡荡地只穿了一条内裤。接着，就这样全裸，并从袋子里取出了泳裤。对于这种态度，我忍不住向他搭话。

"须藤，你还真是正大光明啊。不在乎周遭眼光吗？"

"搞体育的怎么会换个衣服就这么慌张啊。要是偷偷摸摸，反而会成为被注目的焦点。"

　　这好像也说得过去。一般在这种场合偷偷摸摸的家伙都会被人捉弄。

　　"那我先走了啊。"

　　须藤转眼间就走出了更衣室。我也赶紧快点换好衣服吧。

　　"哇！这所学校果然很棒啊！这比市里的游泳池更好！"

　　穿着竞赛型泳裤的池，看见了五十米的游泳池，不禁感慨道。

　　水质清澈又干净，在室内也不会受到天气影响。环境太棒了！

　　"女生呢？女生还没换好吗？"

　　池一边用鼻子哼歌，一边寻找着女生。

　　"换衣服很花时间，所以才会还没出来吧。"

　　"喂，要是我控制不住闯进女生更衣室，会怎么样呢？"

　　"除了被女生围殴，应该还会被退学，并函送检方侦办吧。"

　　"不要说出这么有真实感的吐槽啦。"

　　池想了想，哆嗦着身体。

　　"你要是太过于在意泳衣，可是会被女生讨厌哦。"

　　"会有男生不在意吗！"

　　从那个瞬间直到毕业那天为止，池一定都会一直被女生讨厌吧。

咦？我是不是好像很自然地就在跟池他们对话？

等到回过神来，我已经加入了直至今早都想加入但没能参与的团体里。说不定，我现在就正在亲身体验朋友诞生的瞬间。

"哇！好宽广哦，比初中的游泳池还大欸！"

晚了男生们几分钟后，女生们的声音传来耳里。

"要……要来了！"

池摆好了架势。可表现得这么露骨的话可是会被讨厌的。

不过我也很在意。譬如像是长谷部、栉田，姑且还有堀北。

然而，我们全体男同学的期待却落空了。

"长谷部不在！这……这是怎么回事！博士！"

正在旁听课程的博士神色慌张，从旁听用大楼的二楼眺望全景，并用他那眼镜后方的小眼睛，从高处，应该能够瞬间找出池他们所漏看的猎物才对。

然而……不论何处都无法捕捉到长谷部的踪影。

博士左右摆动着头，仿佛诉说着自己难以接受事实。是还在换衣服吗？还是说……

"在你后……后面啊！博士！"

"什么！"

池伸手指着并且大叫。原来，长谷部和博士同样都是旁听组。

作为旁听组的女生们陆续涌出，出现在二楼。其中也有佐仓的身影。

"为……为什么啊……这是怎么回事啊！"

池无法相信，当场抱头崩溃。

长谷部自认为是美女。再加上，她对男生投向的好奇眼光敬而远之。就算选择旁听也不奇怪。

虽然我很能体会池的心情，但很可惜的是，他的呼喊连长谷部都能听见。

"恶心。"

结果还是被骂了。所以我才跟你讲了那么多次，要是表现得太露骨会被讨厌的啊……

"池，现在可不是悲伤的时候。我们这里还有很多女生！"

"没……没错。的确是这样。我可不能在这里就灰心丧志。"

"兄弟啊！"

山内与池确认彼此的兄弟情谊，并互相握住对方的手。

"你们两个在做什么呀？看起来好像很开心呢。"

"小……小栉田！"

栉田好像很好奇，便向他们搭话。

穿着校园泳装的栉田，身体浮现出妩媚的曲线。

刹那间，男生应该几乎都将目光定在栉田的身体上了吧。然而，包含我在内的男生们，马上就将视线移开了。

啊，今天也是个好天气呢……世界和平真是太棒了。

要是产生了生理反应，可是会引起很大的骚动。

"你在沉思什么？"

堀北狐疑地探头看着我。

"我在埋头和自己战斗。"

堀北的泳装姿态。该怎么说呢？嗯，感觉很健康而且绝对不算差。

但是盯着她看的话，似乎就会发生不得了的事，所以在冷静下来以前还是先忍耐。

"……"

堀北不知为何正看着我的全身。

"绫小路同学，你是曾锻炼过吗？"

"咦？并没有。我初中可是回家社的。"

"但是……你粗壮的上臂以及背部的肌肉，很发达呢。"

"我只是受父母恩惠，得到了这副身体而已。"

"我才不信。"

"你难道是……肌肉控吗？所以才会这么肯定我是锻炼过的。"

"你既然否定到这种程度，我就相信你吧……"

堀北好像有点不满。看来她自认为有一定的看人

眼光。

"堀北同学擅长游泳吗？"

她对于栖田的问题露出些许怀疑的表情，但还是平静地回答了。

"说不上擅长，但也不至于到不擅长呢。"

"我初中的时候不会游泳。但是拼命练习后，就变得会游了。"

"这样啊。"

堀北不感兴趣地回答，与栖田稍微保持了距离。这是她不愿意再进行对话的暗示。

"好了，大家过来集合！"

仿佛肩负着运动界荣耀的肌肉大叔，集合了学生开始上课。他看起来很有体育老师的感觉，但应该算是那种不论男女都会被吸引的类型。

"选择旁听的学生有十六个人啊。好像有点多，不过这次就算了。"

显然也有只是想逃课的学生混在里面，但老师没有追究。

"我就直说了。做完热身操之后，我想让你们去游泳，看看你们的实力。"

"老师，我不太会游泳欸……"

有一名男生好像很不好意思地举起手。

"既然你是我的学生，我就一定会让你在夏天之前学会游泳。放心吧。"

"不用勉强让我学会游泳，反正我也不会去海边。"

"这可不行。现在就算再怎么不拿手也没关系，我会让你们克服。学会游泳的话，之后绝对会派上用场。绝对。"

学会游泳的话会派上用场？确实在某些时候会很方便吧。

然而，身为学校的老师会如此断言，我总感觉有点不对劲。

不过，说不定是身为教师，才会有想把旱鸭子医好的强烈想法。

全体学生开始准备热身操。池不时地偷窥女生。接着大家被指示简单地去游大约五十米。不会游泳的人，脚踩到底部似乎也没有关系。

去年夏天以来的久违泳池。水温做了适当的调整，几乎不会感觉到冷，身体马上就适应了。我游了几下。

游完五十米后，我便爬上岸，等待全部的人都游完。

"嘿嘿，太轻松了！你看到我的超级泳技了吗？"

池动作轻快地游完，并摆出得意洋洋的表情爬上岸。不，你游得跟其他人并没有什么差别哦。

"目前看来几乎所有的人都会游呢。"

"老师，太轻松了啦。我在初中的时候，可是被称作敏捷的飞鱼呢。"

"这样啊。那么现在直接进行竞赛。男女各比五十米自由泳。"

"竞……竞赛！真的吗！"

"我就给第一名的学生特别奖励五千点吧。相反地，最慢的家伙必须接受补课，所以做好觉悟吧。"

对游泳有自信的学生发出了欢呼，没自信的则是叫苦连天。

"女生人数少，所以分成两组，一组五人，时间最短的学生获胜。男生则由速度最快的五个人来决胜负。"

我从来没想过校方会将点数当作奖励。说不定这是为了激励今天缺席的学生们，真是好点子。

参加竞赛的除了旁听的学生以及一名不会游泳的学生之外，男生有十六人，女生有十人。由于决定先从女生开始，男生们便兴高采烈地坐在游泳池畔，替女生加油……不，进行评鉴。

"小栅田、小栅田、小栅田、小栅田、小栅田。加油、加油、加油、加油。"

看来池已经完全拜倒在栅田的石榴裙之下。

"池，你这样很可怕，冷静点。"

"可……可是小栅田真的很可爱吧。"

栅田以彻底的优势获得了男生的人气。这一点是毋庸置疑的。

只论长相的话，堀北毫无疑问也属于最高级别，然而讨厌与人来往的这一点，却害得她人气略低。即使如此，从男生的角度来说，堀北毫无疑问仍是道靓丽的风景。她一站到了起点上，便欢声四起。

"各位，好好地将画面烙印在脑海里！"

"好的！"

怎么说呢？总觉得通过这次游泳课，男生们之间的羁绊好像增强了。

若要说唯一的例外，没有用下流眼光看待女生的，似乎就只有平田。

鸣哨后，五名女生跳进水里。堀北在第二水道，从比赛开始就领先，并就这样拉开距离一路领先。连个惊险场面也没有，漂亮地游完了五十米。

"干得好啊堀北！"

耗时是二十八秒。这应该相当快吧？堀北脸不红气不喘地慢慢爬上池畔。

男生将结果视为次要，并将视线定在了女生充满弹性的身体。我也不知不觉看向堀北。可能她是唯一和我比较要好的女生，所以总觉得有点在意……

紧接着第二回合比赛，人气第一的栉田在第四水道，朝着声援的男生们笑着挥手。

"哦哦哦哦哦！"

男生们叫道。

栉田在自我介绍时，宣言要和全班同学成为朋友，这不是已经几乎成为事实了吗？男生自然不在话下，她的周围也时常环绕着女生开心地谈天说笑。栉田应该是拥有着相当吸引他人的气质吧。

接着是第二场比赛的开始。初期局面便是一面倒，一名叫做小野寺的游泳社女生以绝对优势抵达了终点，还游出了二十六秒如此无可挑剔的数字，取得压倒性胜利。栉田也游出了三十一秒左右的好成绩，结果是总排名第四。

我走过去跟上了泳池畔的堀北搭话。

"得到第二名还真是可惜。对手是现役游泳社员，果然还是很棘手啊。"

"无所谓，反正我也不在意输赢。比起这个，你有自信吗？"

"这不是当然的吗？我可是不会吊车尾的。"

"这并不是什么值得自满的事情哦。我还以为男生都很讲究输赢。"

"我不喜欢互相竞争，毕竟我是避事主义嘛。"

我从一开始就放弃了第一名。只要能避免补课就够了。

被分配到第一组的我，位于第二水道，而在隔壁第一水道的则是须藤。要跟上运动社团的须藤是不可能的，我马上就不再注意他。总之只要在这之中避免垫底，就能够避开最后一名。我一面考虑这些事情，一面从起点跳进水中。

　　须藤以惊人的气势游完五十米，并从水面抬起了脸。男女都发出了赞叹的欢呼声。

　　"干得好啊须藤，只花了二十五秒。"

　　另一方面，我是三十六秒多，看来应该会是第十名。太好了，这样就不用补课了。

　　"须藤，你要不要加入游泳社？只要多加练习的话，参加大赛也绰绰有余哦。"

　　"我对篮球可是一心一意，游泳充其量只是玩玩。"

　　对须藤来说，这种程度的游泳好像不算是运动，并且游刃有余地爬上池畔。

　　"啊……那些运动神经发达的家伙真是讨厌。"

　　池忌妒般地戳了须藤的手肘。

　　"呀！"

　　女生们发出了高兴的尖叫声。平田似乎站上了起点。

　　须藤虽然有着让男生们憧憬的身体，但平田的身体则使女生着迷。平田身材苗条却很结实，是纤细型肌肉男。池听见了女生们对平田的加油声，便做出往地上吐口水的举动。须藤也有点不服气地瞪着平田。

　　"要是敢赢过我，我会尽全力把你给击溃。而且还是以本大爷的全力。"

　　你不是说游泳只是玩玩的吗……

　　老师一鸣哨，平田便以优美的姿势跳入泳池中。每当平田的手臂一拨水，游泳池畔的女生阵容就扬起欢呼声。他游泳的姿态也真是帅得过分。

"比我想得快。"

须藤冷静的说出了一句话。平田确实游得很快，不可否认地比其他同时游泳的四名男生都还技高一筹。这又更加地促使女生们尖叫。

平田不负众望，第一名抵达终点。大声高亢的女生欢呼声响彻了整个室内游泳池。

"老师，时间是？"

池紧紧盯着问道。

"平田的时间是……二十六秒十三。"

"太好了，行得通啊须藤。是你的话就能赢！去严惩他吧。"

"交给我吧，我会彻底击溃平田，让他的人气一落千丈……"

须藤意气风发地回应池，但是平田就算输了，人气大概也不会下滑吧。

"平田同学，你刚才好帅！不只是足球，你也很擅长游泳呢。"

"是吗？谢谢你。"

"喂，你干吗对平田同学放电呀！"

"在对他放电的是你吧！"

诸如此类。平田的人气，已经让人超越了愤怒，到达了令人傻眼的境界。

"请别为了我而争吵，因为我是属于大家的。你们就好好看着吧，真正有实力的人游起来会是如何。"

不知道高圆寺是怎么听的，似乎误以为那些是对自己的欢呼声。

他浮现了清爽的笑容，并走向起点。

"喂……高圆寺那家伙，为什么穿了三角泳裤啊……"

"谁……谁知道呢？"

虽然学校的规定里也是允许三角泳裤，但是这个班级里就只有高圆寺在穿。

然而比赛第三回合，备受瞩目的果然还是高圆寺。开始前精雕细琢的准备姿势，看起来就像运动选手。事实上不只是姿势，就连身体也比须藤好。包括须藤，班上对于运动有自信的人都屏息等待，并准备审视高圆寺的游泳表现。

"我对胜负虽然没兴趣，但我可不喜欢输呢。"

明明就没人问他，他却自己讲了。伴随着哨声，高圆寺以范本般的姿势跳入了水中。

"好快！"

须藤对于超越想象的侵略性泳姿，发出了惊讶的声音。平田也目瞪口呆地看着那个泳姿。强烈地溅起水花，但速度上却是无可抱怨。毫无疑问比刚刚的须藤还要快。按下计时表的老师，也不禁再看了一次时间。

"竟然是……二十三秒二二。"

"看来我的腹肌、背肌，以及大腰肌的状况一如往常地好。还不错呢。"

一下子就爬上岸的高圆寺，露出游刃有余的笑容，并将头发往上拨。

看起来连个喘息也没有，真不觉得他有使出全力去游。

"真是让人热血沸腾啊！"

须藤似乎是不想输，开始熊熊燃烧起斗志。老实说，除了须藤，没人对上高圆寺有胜算吧。而事实上，决赛也是高圆寺对上须藤的单挑。

"高圆寺同学跟须藤同学游得都很快，好期待！"

"对……对啊，就是说。"

正当我发呆等着决赛开始时，栉田突然找我攀谈。

对于穿着泳装的美少女就站在旁边的这般紧急状况，我的小鹿心乱撞。

"嗯？怎么了？你的脸好像红红的……难道是身体不舒服吗？"

"没有没有，完全没有那种事……"

"话说回来还真是奇怪呢。学校从四月开始就有游泳课。"

"应该是因为有这么出色的室内游泳池吧。说起来，栉田你游得挺快的欸，简直让人不敢相信你初中的时候不太会游泳。"

"绫小路同学不是也游得还可以吗？"

"只到还可以的程度，我也不是那么喜欢运动。"

"是这样吗？可是，总觉得……绫小路同学很有男子气概呢。身材纤细，却好像又比须藤同学还要更加结实。"

栉田好像很吃惊，目不转睛地盯着我的身体。这比被堀北盯着看的时候，还要紧张十倍。

"这只是天生的肌肉体质，并没有什么特别的原因。而且，事实上我一放学就回家，并没有参加任何运动系的社团。"

对话顺利进行了下去。虽然有点紧张，但逐渐充满在心中的这份感情，到底是什么呢？真想就这样一直和栉田两个人单独聊天啊。

"哇，高圆寺好强。这岂不是压倒性赢过须藤吗……你在干什么啊绫小路！"

看来决赛中，高圆寺以五米的距离领先须藤，并获得了胜利。观战完比赛的池，带着宛如恶鬼的表情朝我这里猛扑过来。

"什……什么干什么，没事啊。我什么也没做啊。"

"你不是正在做吗！"

池用力把手臂环住我的脖子，并说起悄悄话。

"小栉田是我的目标，你可别碍事了啊。"

我没有特意阻碍你的打算，不过世上还是有做得到跟做不到的事情。我想栉田可不是池你这种等级所能攻陷的女生。虽然说我也是啦。

朋友

"桔梗，回去时要不要顺道去咖啡厅？"

"嗯，好呀好呀！啊，不过等我一下。我再去邀请一个人。"

栅田说完，便来到正在将课本装进书包的堀北身旁。

"堀北同学，我接下来要和朋友一起去咖啡厅，如果可以的话，你要不要一起去？"

"没兴趣。"

堀北仿佛认为多说无益，就这样把栅田的邀约给一口回绝了。

就算是说谎也好，难道她就无法借口"接下来我要去买东西"或者"我已经跟别人约好了"这样的话吗？堀北明白地表示拒绝，栅田却依然保持着笑容。

这般光景早就已经不稀奇了。从开学起，栅田就会像这样定期邀请堀北出去玩。稍微回应她一下不就好了吗？我会这么想的，也是旁观者擅自的解读吗？然而，谁也没办法否定堀北希望独自一人的这件事。

"这样啊……那我下次再邀请你哦。"

"等等，栅田同学。"

堀北很难得叫住了栅田。她该不会终于败给了栅田的邀请？

"不要再来邀我了，我觉得很困扰。"

她冷淡地回应道。

然而，栉田却没有露出受伤的表情，维持笑容地这样说道：

"我会再邀你的。"

接着栉田一如往常跑到朋友的身边，并成群结队地走出教室。

"桔梗，不要再去邀堀北同学了啦。我讨厌那个人……"

就在教室的门快要关上的时候，我隐隐约约听见女生这么说。

在我身旁的堀北应该也听得到这话，只是她看起来一点也不介意。

"不会就连你也要说些多余的话吧？"

"嗯，我自认还蛮了解你的个性。我就算讲了也没用吧。"

"那我就稍微放心了。"

堀北准备好要回家后，便以自己的步调走出教室。

我在教室里发了一下呆，但马上就觉得腻了，站了起来，还是回去好了。

"绫小路同学，你现在方便吗？"

当我穿过在教室的平田那群人时，平田叫住了我。我向他小声回答了"没问题"。会被平田搭话也算很难得。

"关于堀北同学，能不能请你想点办法呢？因为她总是一个人，女生那边稍微有意见了。"

也就是说，连栉田那群人以外的人，也开始对堀北敬而远之了。

"你可以请她稍微和班上的同学打好关系吗？"

"这不是她个人的自由吗？而且，堀北并没有带给任何人麻烦。"

"我当然了解。但是，也有很多人替她担心呢。我可是绝对不会让班上发生霸凌的。"

霸凌？虽然我觉得有点离题，但说不定真的已经有这种举动和征兆了。是因为这样平田才会来警告我吗？平田以率直的眼神看向我。

"与其让我去讲，不如平田你直接告诉她，这样还会比较好呢。"

"也是呢。对不起，对你说了些奇怪的话。"

堀北在班上一天比一天更加孤独。只要再过一个月，她就完全成为班上的异类了。

当然，这是堀北个人的问题。并不是我该插手的。

1

我出了校门，径直走向宿舍。那里却出现了本来应该已经跟朋友出去的栉田。她靠着墙壁，好像在等着谁。栉田一注意到我，就露出了跟平常一样的笑容。

"太好了，我正在等绫小路同学呢。我有些话想要对你说，你现在方便吗？"

"方便的。"

该不会是告白吧……这种发展，大概只有百分之一的概率。

"我就坦白地问喽。绫小路同学，你有没有看过堀北同学的笑容呢？"

"咦？好像没有……"

看来栉田又是为了堀北的事才找我说话。我试着再回想了一下，真的没看过她笑。栉田握着我的手，使劲地拉近我们之间的距离。是花香吗？让人感到非常舒服的香味，刺激着我的鼻腔。

"我呀……很想成为堀北同学的朋友。"

"你的心意已经充分传达出去了。因为一开始好像有许多人来找堀北攀谈，但是直到现在都还继续这么做的，就只有栉田你一个人。"

"绫小路同学对堀北同学的观察还真是仔细呢。"

"与其说是观察，不如说因为我就坐在隔壁，所以不管怎样都会得到消息。"

从入学当天开始，女生们就积极地建立着小团体。女生比起男生，似乎在像是派系、地盘方面的意识更为强烈。即使在这个大约二十名女生的班级，也形成了四个左右的小团体。虽然多数之间都相处良好，却在某些地方互相牵制。

然而，其中的例外，就是现在眼前的栉田。她不管到哪个团都吃得开，不仅如此，甚至开始成了超级人气王。栉田对堀北始终态度温和，为了和她成为朋友，也持续着锲而不舍的行动。这种事一般学生想做也做不到。也许正因为这点，她才会深受大家景仰吧。

再加上她也很可爱。

附带的东西最有魅力，这在世上的商品中也是很常见的模式吧。

"你被堀北警告过了吧，下次可不知道会被她怎么说。"

我知道那家伙不是讲话会拐弯抹角的类型。弄得不好，说不定她还会说出更严苛的话。老实说，我很不想看见栉田因此而受伤害。

"你……能不能帮我呢？"

"嗯……"

我没有立即回答。通常要是被这么可爱的女孩子拜托，我马上就会答应。但身为避事主义的我无法积极，而且，我也不想看见栉田被堀北无情的话语所伤害。这次我还是狠下心拒绝吧。

"虽然我很明白栉田你的心情……"

"不行……吗？"

可爱＋拜托＋眼神往上注视＝致命。

"真是没办法啊。就只有这次啊。"

"真的？绫小路同学，谢谢你！"

栉田听见我愿意帮忙，打从心底开心笑了。

好可爱。可爱到我差点就忍不住说请她马上和我交往。但是避事主义的我，不可能做出这种乱来的事情。

"所以，具体来说我该怎么做？就算嘴上说想和她成为朋友，但是实际上并不容易。"

该以什么标准来定义对方是否为朋友？这是我也回答不出来的困难问题。

"这个嘛……先以看见堀北同学的笑容作为第一步呢？"

"她的笑容呀。"

展现笑容这种行为，是只有稍微对人放下警戒才做得到。

要能发展到那样的关系，想必应该就能称为朋友了。

着眼于"看见笑容"这部分的栉田，说不定相当了解人心。

"有没有能让她笑的点子呢？"

"这个嘛……我打算接下来再和绫小路同学你一起想欸。"

栉田很不好意思似的"嘿嘿"一声，轻轻用拳头敲了一下自己的头。

　　要是丑女这么做，我一定扁她一顿。不过如果是栉田的话，我会给她很高的分数。

　　"笑容啊……"

　　因为栉田突如其来的请求，于是我加入了帮她看见堀北笑容的作战。不过这种事真的有可能办到吗？我深感怀疑。

　　"总之放学后先把堀北约出来吧。因为她要是回宿舍的话就无计可施了。你想约在哪里见面？"

　　"啊，那么帕雷特怎么样呢？我经常去帕雷特，堀北同学应该也听过这件事吧？"

　　印象中帕雷特是学校里数一数二的人气咖啡厅。

　　确实栉田放学后经常跟其他女生说要一起去帕雷特。

　　连我都听过这种事，堀北应该也不知不觉知道吧。

　　"你们两个进去帕雷特点餐，在这之后突然巧遇。这样子好吗？"

　　"不，我想想……这样说不定有点太小看她了。能拜托你的朋友也一起帮忙吗？"

　　说不定堀北在发现栉田的瞬间，就会回去了。最好能安排一个让她难以离席的情景。我立刻将想到的点子说给栉田听。

　　"哦，如果这样的确很自然！绫小路同学的头脑真灵活！"

　　栉田一边"嗯嗯"地点了好几次头，眼睛一边闪闪发亮地听着。

　　"这跟头脑没什么关系吧？总之，就这样吧。"

　　"我了解了。真是期待！"

　　不，你这么期待我也很困扰。

　　"连栉田你都吃了闭门羹，让我邀请堀北，也不晓得她究竟会不会来。"

　　"没问题。因为我觉得堀北同学很信任你。"

　　"你为什么会这么想？证据呢？"

　　"嗯……总有一种这样的感觉。但是至少你应该比班上任何人都让堀北同学信任哟。"

　　这只是因为没有其他合适的人选吧。

　　"我会和堀北说起话，应该说只是出于偶然吧。"

　　碰巧在公交车上相遇、碰巧座位就在隔壁。

　　要是少了任何一环，说不定连彼此交谈的机会都没有。

　　"人与人的相遇，不都几乎是出于偶然吗？于是使人成为朋友、成为挚友……甚至也会逐渐发展成恋人、家人哦。"

　　"原来如此。"

　　这么说来，或许真的就是如此。能像这样和栉田说话，也算是种偶然呢。

　　也就是说，我最后也可能会和栉田发展成恋人关系。

2

终于到了放学时间。学生们为了享受各自的课外生活，彼此讨论着要去哪里。与此同此，我与栉田互相使了眼色，确认作战开始。

目标堀北，像平常一样一个人默默开始准备回家。

"喂，堀北。今天放学后有空吗？"

"我没时间能拿来浪费呢。我还得回宿舍为明天做准备。"

虽然我认为所谓的准备，其实也只有来学校而已。

"我希望你能陪我一下。"

"你有什么目的？"

"我的邀约感觉就好像别有企图吗？"

"突然被约的话，感到怀疑不是很自然吗？不过如果有具体的事情，听你说说倒也无妨。"

那种事情当然没有。

"学校里不是有咖啡厅吗？里面有很多女孩子。我没有勇气一个人过去。那里不是有种禁止男生的感觉吗？"

"虽然女生的比例确实比较高没有错，不过应该也有男生会去吧？"

"也是啦。但没有男生会一个人去不是吗？我认为会去的一般都会跟女生朋友，或者跟男朋友去。"

堀北像是在回想帕雷特的情景。

"似乎确实如此呢。难得你的见解颇有一番道理。"

"可是我蛮有兴趣的，所以才在想你能不能陪我去。"

"而这当然是因为……你根本没其他对象能邀请吧？"

"虽然你的说法让我有点不舒服，不过就是这么回事。"

"如果我拒绝呢？"

"那也只能这样了。我只好放弃。我也无法强迫你把私人时间借给我。"

"我知道了。的确是男生不好进去那种店，我没办法待太久，这样也没关系吗？"

"没关系，马上就会结束。"

大概吧……我在心里加上了这句话。要是让堀北知道这件事与栉田有关联，我一定会被骂得狗血淋头。

这么做与其说是因为能和栉田说上话，不如说或许我也开始觉得，如果堀北能交到朋友就好了。

虽然这么说，不过，不论说明会也好、咖啡厅也好，堀北就算一边吹毛求疵也还是会陪我去。这样也没办法交到朋友，实在是不可思议。

我们两个人立刻往目的地出发，抵达校舍一楼的咖啡厅帕雷特。

为了享受放学时间，女生们接连不断地聚集而来。

"人真多呢。"

"堀北也是第一次放学后过来？啊，对欸，因为你没朋友嘛。"

"你是在挖苦吗？你的行为真像小孩子呢。"

说得没错，我确实是在挖苦。不过看来堀北果然不吃这一套。

我们两个点完餐，拿了饮料。而我还点了一份松饼。

"你喜欢吃甜的？"

"只是很想吃这个而已啦。"

我对蛋糕类既不喜欢也不讨厌，不过也借此制造了看似正当的理由。

"不过没有空位呢。"

"稍微等一下吧。啊，那里好像有人要离开了。"

看见女生们迅速从双人座位站起，我便快步走过去占位子。我让堀北过去坐在内侧的位子。接着，将书包放在脚边坐下之后，就假装没事地环顾左右。

"在旁人的眼光看来，我们……应该不像是情侣吧。"

堀北的脸与其说是没表情，不如说感觉有点冷漠。在这种混乱人群之中，我没办法平静下来，加上一想到马上要发生的事，就胃痛。

走吧。隔壁的两名女生说着，便随手拿起饮料离开了座位。

座位接着马上就被新的客人——栉田给补上。

"啊，堀北同学，真巧欸！而且绫小路同学也在这里！"

"嗨。"

栉田彻底地假装这是巧遇，随意打了招呼。堀北眯着眼看了栉田之后，再慢慢看向我。当然这是和栉田事先串通好的。先请栉田的朋友预先占好四个座位。我到帕雷特后，再用眼神暗示空出两个位子。不久，再将隔壁桌的两个位子空出让栉田坐进来。

这样就像是偶然的邂逅。

"绫小路同学和堀北同学，你们也一起来这里呀？"

"算是碰巧吧。倒是你只有一个人吗？"

"嗯，今天刚好有点事……"

"我要回去了。"

"喂……喂！我们才刚坐下而已吧。"

"有栉田同学在的话，就不需要我了吧？"

"不……才不是呢。我跟栉田也只是同学而已。"

"我和你的关系也一样。况且……"

堀北以冰冷的眼神看了我和栉田一眼。

"真是让人不爽呢。你们到底想做什么？"

这些发言就像是看穿了我们的作战，但也有可能只是想套话。

"讨……讨厌啦，我们只是碰巧遇见的呀？"

可以的话，我还真希望栉田不要说出这种话。

假装没发现堀北的诱导，并回答"你这是什么意思?"才是正确答案。

"在我们入座前，这个座位的两个人同样都是 D 班的女生。而且，隔壁桌的两个人也是。这纯粹是巧合吗？"

"你还真细心欸，我都没有发现。"

"而且，放学后我们没绕路是直接就到了这里。她们就算再怎么赶，也顶多只到了一两分钟，就算要回去的话也太快了吧。我有说错吗？"

看来堀北的观察力比我想象中还强。

不仅记住了班级成员，连座位状况都掌握了。

"呃……"

不知所措的栉田，不禁向我发出了求救信号。

而堀北是不会看漏这点的。再这样隐瞒下去，也只会徒增她的不满。

"堀北，抱歉。我在事前稍微做了一些安排。"

"我想也是。我从一开始就觉得奇怪了。"

"堀北同学，请和我成为朋友吧！"

事到如今栉田已不再遮掩，正面切入重点。

"我想我已经说了好几次，希望你别管我。我也没打算给班级带来麻烦，这样不行吗？"

"孤零零的学生生活也太寂寞了。我想和班上的同学亲近些。"

"我并不打算否定你的想法。但是，你把其他人也卷进去是不对的。况且我并不觉得一个人很寂寞。"

"可……可是……"

"就算我们勉强成为朋友，你觉得我会开心吗？你认为这种强求而来的关系，能产生出友谊或信任吗？"

堀北的话一点也没错。她不是交不到朋友，而是认为没有必要。栉田一心一意的直率想法，没能影响到堀北。

"至今为止没有好好说清楚，我也有错，所以这次的事情我不会责备你。但是如果下次你还这样，到时我就不会客气了。请好好记住。"

说完，她就拿起装着连一口都还没喝的拿铁杯，站了起来。

"我无论如何都想和堀北同学成为朋友。我总有种我们好像不是初次见面的感觉。堀北同学应该和我有相同的感觉吧。"

"再这样说下去也只是浪费时间。你说的话都让我很讨厌。"

堀北的语气变得严厉起来，不客气地把话打断。栉田不由得把话吞了回去。

正因为我协助了栉田，本来完全没打算插嘴，但是……

"堀北，我也不是不能理解你的想法。朋友的存在意义为何？是否真的有必要交朋友？这类问题我也不止想过一两次。"

"你有资格说这种话？你从开学第一天就一直在寻求朋友吧。"

"这我不否认。可是，至少到初中毕业为止，我跟你都是同一类人。因为我在进入这所学校以前没交过一个朋友。不仅不知道任何人的联络方式，放学后也没有跟别人出去玩过。是一个彻底孤单的人。"

楛田一时之间无法相信，很吃惊。

"我想，或许我会无意间跟你聊起来，也是受到这部分的影响。"

"这件事我还是第一次听说。假设我们有这种共通点，但是这之间的过程，不也完全不同吗？你是想要朋友但交不到，我是不需要朋友所以才不交。简单来说，这是似是而非。不是吗？"

"也许吧。可是说楛田让你感到讨厌，也说得太过火了。这样真的好吗？就这样选择不跟人当朋友，代表你三年都要孤单一人。这样会相当痛苦啊。"

"这已经持续了九年，所以没关系。啊，修正一下。如果算上幼儿园的话，那还更久呢。"

她是不是脱口说出了不得了的事情？这家伙从懂事以来就一直都是一个人。

"我可以回去了吗？"

堀北深深叹了口气，并直视楛田的双眼。

"栉田同学，你只要别硬缠着我，我就什么也不会说。我向你保证。你也不是笨蛋，所以能理解这些话的意思吧？"

"那我先走了。"堀北说完这句话，就离开店。嚣闹的咖啡厅里，只剩下我和栉田。

"失败了啊……我本来想掩护你，但还是没办法。那家伙太习惯孤独了。"

栉田无言"咚"的一声坐了下来。转瞬她对我露出了一如往常的笑容。

"绫小路同学，谢谢你。虽然我的确没跟她成为朋友……但是我也因此明白了一些重要的事情。这样就够了。不过真抱歉，因为我，让你被堀北同学讨厌。"

"别在意。反正我自己也想让堀北了解拥有朋友的好处。"

两个人占着四人座位不太好，我挪到栉田那边。

"话说回来，我还真是惊讶。绫小路同学过去真的没有朋友吗？我完全看不出来呢。你以前为什么会孤单一人呢？"

"对啊，是真的。须藤跟池他们是我第一次交到朋友。我现在也还不太清楚，到底是自己的问题，还是环境的问题。"

"交到朋友果然很高兴对吧？还是很快乐？"

"是啊。虽然也会觉得麻烦，但是开心的时候还是占多数。"

栉田闪闪发亮的眼睛露出笑意，点了点头。

"不过堀北也有她自己的想法及目的。应该也只能放弃了。"

"是……这样吗？已经没办法再成为朋友了吗？"

"为什么要这么执着啊？你比谁都交了更多的朋友吧？不过就少了个堀北，没必要这么钻牛角尖吧？"

和全班同学变成朋友，需要如此拼命吗？

"因为我打算与所有人都好好相处……正因为这样，对象不只是D班的同学，也包括了其他班的学生。只要与一个人不是朋友关系，那这样的就无法达成目标了呢……"

"我想这只是因为堀北比较特殊。你也只能期待一次真正的偶然降临。"

并非事先计划，而是发生能够连结两人的那种事件。

或许在那个时候，成为朋友的机会就会真正降临。

终结的日常

"哈哈哈哈哈！笨蛋，你那个太好笑了吧！"

现在是第二堂数学课。今天池依旧在课堂上大声谈笑。他的聊天对象是山内。开学以来的三个星期，池、山内这两个人再加上须藤，在暗地里被称作笨蛋三人组。

"喂，要不要去卡拉OK？""我要去我要去！"

附近的女生团体，早就在热烈讨论放学后的计划。

"明明烦恼了这么久，但是要打成一片，还真的是一瞬间的事情呢。"

"绫小路同学你不是也结交了很多朋友吗？"

堀北时不时看着黑板与笔记本，一边抄写，一边如此对我说。

"也算是吧。"

刚开始我很不安，但是通过须藤的便利店事件、社团说明会，以及泳池内的互动作为契机，我和池、山内他们的交情，也到了偶尔会一起吃饭的关系。

纵使我们离挚友还有好一段距离，但回过神来，已经发展到能称作是朋友的关系。

人际关系就是如此不可思议。我现在也不太清楚，我们究竟是何时成为朋友的。

"早——"

在课堂大概进入后半段的时候，教室门伴随噪声被打了开来。是须藤。他完全不在意课堂还正在进行，打着哈欠，坐到了座位上。

"须藤，你来太晚了吧。啊，你要跟我们一起去吃午餐对吧？"

池在远处向须藤搭话。数学老师不但没有劝说，甚至完全不看须藤一眼地继续上课。一般来说，这时候感觉会有一根粉笔飞过来。然而，不知道该不该说这是放任主义……很不可思议的是，不论私下讲话、迟到或者打瞌睡，每个科目的老师都默许了。班上一开始表现得很客气的那些人，现在也都过得逍遥自在。

虽然也是有像堀北那样极少数学生，一直很认真地在学习。

我的口袋震了一下，手机收到了消息。班上部分男生所建的聊天群传来了讯息：中午要约在学生餐厅一起吃饭。

"喂，堀北。中午要不要一起吃饭？"

"我就不用了。因为你们那群人很低俗。"

"这我无法否认。"

男生们大致上尽是聊些女生的话题。像是谁很可爱，或是谁跟谁在交往、进展到哪一步等。让女生参与其中说不定不太合适。

"什么……真的假的，平田已经交到女朋友了吗？

好厉害啊。"

　　根据池他们的消息，平田似乎已经跟班上的轻井泽在一起了。我找了一下轻井泽的身影，便看见她坐在远处明显正向平田传递着充满爱意的视线。

　　说到对轻井泽的印象，该怎么讲呢？她也不是不可爱，只是好像有种难以让恋爱新手亲近的气质。简单说，她就是那种很积极的辣妹系女生。

　　她在初中时期，想必也吃遍了像平田这样的帅哥了吧。虽然这是我随意的想象，不过应该不会错得太离谱。哎呀，不小心就说出了恶毒的话，这就算被说是诽谤也不奇怪。这对轻井泽实在太失礼了。我在心中向她致歉。

　　"你那表情还真讨厌呢。"

　　堀北对我投以冰冷视线。看来我的下流想法好像被看穿了。

　　到底要经过怎样的步骤，才能在开学后马上就成为情侣呢？我连交朋友都费尽心思了。

　　干脆直接对堀北说"我们也来交往吧？"……不过一定会被她痛殴呢。

　　况且，如果要交女朋友的话，我还是比较喜欢更贤淑、温柔的女孩子。

1

　　第三堂是班主任茶柱老师的社会课。茶柱老师来到了就算打铃后也依然闹哄哄的教室。即使老师来了，情绪高昂的学生们也丝毫没有收敛。

"给我安静一点！今天的课需认真对待。"

"怎么回事呀？小佐枝老师。"

一部分学生已经开始叫老师昵称了。

"因为到月底了，要进行小考。试卷往后面传。"

老师将考卷发给坐在第一排的学生。不久，我的座位也传来了一张考卷。上面列了五个主科的题目，每科各有几个小题，确实是个小考。

"咦，我没听说过要考试啊……真是狡猾。"

"别这么说。这次的考试只会作为今后的参考，不会反映在成绩单上面。不会有风险，所以放心吧。不过禁止作弊哦。"

话中有话让我有些在意。一般来说成绩只会影响成绩单。然而，茶柱老师所说的话却有点不同。所谓不会反映"在"成绩单上，好像就让人觉得……会反映在成绩单以外的事物上。

不过……应该是我想太多了。既然不会影响到成绩单，就没必要这么戒备了吧。

突如其来的小考已开始。我将考题扫了一遍。一科四题，总共二十题，每题五分，满分一百。不过，题目都几乎简单到令人扫兴。

题目比入学考试的难度还要低了两个级别。再怎么说，这也太简单了吧？

我一面这么想，一面将考卷看到最后，结果发现最后三个题目，与前面几题的难度完全不同。数学的最后一题，如果不列出复杂的算式根本无法解出答案。

"呃……这题的难度真的很高……"

看不出这是高中一年级能解出来的程度。最后三题的性质显然不同，甚至会让人误以为这是不是不小心印错了。

明明也不会影响成绩，那这个考试究竟在测什么？

算了，我就和入学考试时同样那么做好了。

监考的茶柱老师一边慢慢地巡视教室，一边监视学生有没有作弊。我在不会被当成作弊的程度之下，偷偷地看了眼堀北。她右手拿着圆珠笔，毫不犹豫地填写答案，看起来就好像能轻松取得满分一样。

直到下课铃响为止，我都对着卷子干瞪眼。

2

"你啊……要是老实说的话，我就原谅你！"

"你要我老实说什么啊？"

我吃完午餐，便与须藤他们一起坐在自动贩卖机旁的走廊闲聊。

这时候，池徐徐地逼近我。

"我们是朋友对吧？这三年都会同甘共苦的伙伴

对吧？"

"是……是啊。是这样没错。"

"当然……如果交了女朋友也会告诉我们吧？"

"什么？女朋友？这个嘛……如果我交到了的话。"

池将手臂勾在我的肩膀上。

"你没有在和堀北交往吧？我可是绝不允许你抢先一步。"

"你说什么？"

等到察觉时，山内跟须藤也正用怀疑的眼神看着我。

"笨蛋，我没有在跟她交往啦。完全没有。真的啦。"

"你们今天又在课堂上偷偷摸摸地聊着什么吧。是在聊一些不能告诉我们的事情对吧？像是约会、约会，以及约会之类的事情！啊啊啊……羡慕！"

"不可能不可能。说起来堀北也不是那种性格的人吧。"

"谁知道啊，我们也没跟她说过话。要是没有小栉田，我们搞不好到现在连她的名字都还不知道呢。与其说她很没存在感，不如说她太难亲近了。"

说起来也没错。我几乎从没看过堀北跟我以及栉田以外的人说过话。

"就算是这样，连名字都不知道也太过分了吧。"

"那绫小路你就记得全班同学的名字吗？"

　　我试着回想，结果连一半都想不出来。原来如此，我懂了。

　　"光看长相的话，她不是很可爱吗？所以我才会注意她。"

　　山内他们点头表示认同。

　　"但是她的性格刚强啊。我对那种女人没办法。"

　　须藤一边喝着咖啡一边如此说道。

　　"就是说呀，不知道该说她带刺还是什么才好。如果我要交，也想找那种更开朗，而且可以对话自如的女孩子。当然也要很可爱。就像小栅田那种。"

　　池喜欢的人果然是栅田。

　　"啊……好想跟小栅田交往。"山内喊道。

　　"笨蛋，你哪能跟小栅田交往啊！就算是想象的也不准！"

　　"你就以为你可以跟她交往吗，池？在我的心中，小栅田早就是我的女朋友了！"

　　他们两个在互相争夺幻想中的栅田。喂喂，虽然要想象什么都是高中生的自由，但这对栅田也太没礼貌了吧。

　　"须藤，你的目标是谁？听说篮球社也有可爱的女孩呢！"

　　"啊？我还没找到啦。新社员可没有什么闲工夫去评鉴女人。"

"真的假的……总而言之，要是交到了女朋友，不可隐瞒而且得据实告知！知道了吗！一定要！"

"知道了。"

他不断地叮嘱到让人厌烦，于是我便姑且点头表示答应。

我打算去买点饮料，朝附近的自动贩卖机走去。山内马上提出要求。

"我要可可。"

"不要敲诈别人啦。要喝饮料自己去买啦。"

"我已经没剩下多少点数了嘛。两千左右。"

"三个星期你就用掉九万点多了吗？"

"买了想要的东西，不知不觉就……你看这个，很厉害吧！"

山内如此说道，并拿出了掌上游戏机。

"我和池一起去买的。这可是 PS VIVA① 哟。学校竟然卖这种东西，真的是太厉害了吧。"

"这个花了多少啊？"

"应该是两万多吧。再加上林林总总的配件，差不多两万五。"

这样点数很快就会花光了呢。

---

① 实际上指 PS VITA，索尼新一代掌上游戏机。此处是作者换了一种表达方式。

"我平常不太玩游戏。不过，在宿舍生活的话马上就能召集到伙伴了呢。班上不是有个叫做宫本的家伙吗？那家伙对电动很拿手呢。"

说到宫本，他算是个体形胖胖的男学生。我虽然没有直接和他说过话，但印象中他总是在跟别人谈论着游戏或动画的话题。

"你也买一台来参战吧。须藤也说好等下个月有点数了就买。"

我周围的这些人都已经参与了。山内表示凡事都要尝试过才知道，并将游戏机递过来。我一接过游戏机，就发现它比想象中还轻很多。我将视线落在屏幕上，看见一名背着大刀的战士，正在抚摸村庄里的猪。真是搞不太懂这个世界观呢……

"老实说我没什么兴趣。这是……战斗游戏吗？"

"你不会连 Hunter Watch① 也不知道吧？全球累积四百八十万片以上的销售量！我从小就有出众的游戏天分，甚至还被国外挖角过呢。虽然那时候我拒绝了。"

你就算随便讲些什么世界规模，也跟厉不厉害是两回事吧。世界上有高达七十亿人口，也就是说，买了这个游戏的人连百分之零点一都不到。

---

① 实际上指 Monster Hunter，中文名为怪物猎人。此处是作者换了一种表达方式。

"说起来，为什么这种看起来好像很纤弱的女孩子穿得了这么重的装备啊。她的护具是塑胶制的吗？如果这是铁制，就算是须藤的体格，也会穿得很辛苦哦。"

"绫小路，你不要对游戏太过苛刻啦。那人是外国人？而且会讲那种话的家伙，根本就对自动恢复生命值非常宽容哦！那种满身中了子弹，躲起来就会立刻恢复体力的非现实的西洋游戏。"

我完全无法理解山内在说什么。

"俗话说百闻不如一见对吧？你也买来一起玩玩看吧。好不好？好不好？我会帮你在新手期的时候搜集材料。采集蜂蜜也很辛苦哦。所以，请我喝可可！"

"真是的……"

虽然我并不需要蜂蜜，但再被这样纠缠下去也很麻烦，所以我就买了可可给他。

"朋友果然是不可或缺的呢！谢啦！"

我可不想在这种地方感受到友情。我将可可抛了过去，山内用腹部接住它。

那我喝什么好呢？我一边犹豫，一边滑动着手指，结果忽然想起一件事。

"这里也有啊。"

就只有矿泉水有免费按钮可以按。

"怎么了？"

"啊，没事。我记得学生餐厅里也有能免费吃的套餐吧？"

"好像是叫山蔬套餐吧？啊……讨厌讨厌，真不想过吃草喝水的生活。"

山内喝着可可，一边咯咯笑着。

点数若是用光，也只能靠山蔬套餐或水这种免费物资来生活了。

这种情况只要小心一点就能避免。不过，像山内这种不顾后果的使用点数，就另当别论了。

"喂，吃山蔬套餐的人还蛮多的呢。"

我经常去学生餐厅，回想起有许多学生都在吃免费的山蔬套餐。

"不是因为他们喜欢吃吗？要不就是因为快到月底了吧？"

"真是这样就好了呢。"

尽管察觉到一丝不安，我为了喝牛奶还是按下了按钮。而它便理所当然般地滚落至取出口。

"啊……下个月快点来吧，我还想继续过梦幻般的生活！"

山内他们一边不停地笑着，一边如此喊道。

3

"今天我们约好要和小栟田他们出去玩，你要不要去？"

下午上课时，当我机械地抄写黑板上的笔记时，手机突然收到了这条消息。

嗯……这就是所谓的校园青春生活吧。我第一次收到放学后跟朋友出去玩的邀约。虽然没想到特别想拒绝的理由，但我还是问了一下有谁会参加。

要是有很多不认识的人，那不是很讨厌吗？总觉得会不自在。

消息马上就回过来了。池跟山内以及栉田，加上我共有四个人。并没有特别奇怪的人物。这样的话就没关系了吧。我便答应了，然后消息又传了过来。

"小栉田就由我来攻略，所以绝对不要妨碍我！by 池大人"

"不对不对，小栉田可是我的目标，你才别妨碍我。by 山内"

"什么？就凭你也想攻陷小栉田？你是在找架吵吗？"

好好相处不就好了，他们两个却在群里互相争夺栉田。

我既期待放学，又觉得有点麻烦了。

一下课，我就紧跟着池和山内往学校外面走。

校区很广阔。开学以来到现在，我几乎都还对校内不了解。

"明明就同班，栉田没有一起过来啊。"

"她说有些话要跟其他班的朋友说。小栉田是大红人嘛。"

"该不会是男……男性朋友吧？"

"放心吧，池。我已经确认完毕了。对方是女孩子。"

"那就好……那就好。"

"你们是认真想追栉田吗？"

"这不是当然吗？说实话她是我的真命天女。"

山内也持相同意见，频频点头表示认同。

"你的话就是那个堀北嘛。虽然我承认她是个美女。"

"不，我跟她没什么。真的。"

"真的吗？在课堂上偷偷眉来眼去，若无其事地互相碰触指尖。你应该没有做出像这种既酸甜又让人火大的事情吧？"

正当池不断地逼问我，我们话题女生就跑了过来。

"抱歉我来晚了。让你们久等了！"

"小栉田，我等你很久了呢！话说回来，为什么平田他们也在啊！"

跳起来的池，在下个瞬间往后退了几步，狠狠跌了一跤。真是个冒失的家伙。

"啊，我在路上遇见他们，想说难得所以就邀请了他们。可以吗？"

栉田把平田及（被认为是）其女友轻井泽，以及另外两名女生带了过来。她们是经常和轻井泽结伴同行的松下以及森。

"喂，就没有什么办法把平田赶走吗！"

池用手臂环着我的脖子，对我悄悄说道。

"也没有必要赶走吧。"

"有那种帅哥在的话，我的存在感不就会变得薄弱吗！要是发生小栅田喜欢上平田的这种不幸事件该怎么办啊！有没有不让帅哥美女在一起的办法啊？"

"不，我可不知道……平田在跟轻井泽交往吧？别担心啦。"

"我说你啊。因为女朋友在所以就没关系，这可不是绝对的。如果把轻井泽那种辣妹，拿来跟可爱天使小栅田相比，不管是谁都会选小栅田吧！"

池以口水喷进我耳朵里的气势反复进行着激烈的辩论。我觉得有点恶心。话说回来，真亏他能在当事人在场时说出这种粗俗的话。

轻井泽的确是辣妹风格，皮肤也稍黑，不过十分可爱。

这不就是在歧视女性吗？他们展开着随心所欲的男性妄想。可以的话，能不能请你们去我不在的地方讲呢？

"如果我们会打扰到你们的话，就分开行动吧？"

平田很客气地向池他们搭话。他好像有点在意我们的窃窃私语。

"没……没什么关系啊？对吧，山内？"

"对……对，一起玩吧。热闹一点也比较开心。对吧，池？"

对他们两个而言，一定很想说出"别碍事！"并把他给赶出去。然而，要是做出这种事情，说不定也会降低栉田对他们的好感度。而究竟有没有足以下降的好感度就是另一回事了。

"这是当然的吧？为什么我们就非得看这三个人的脸色啊？"

轻井泽的意见是正确的。但是她把我也算了进去，让我很受打击。

"凡事都有一体两面。如果不算平田跟轻井泽的话，男女的比例就是相同的。换句话说，这就像是联谊，或者三对情侣的约会，对吧？绫小路，你也有机会哦。"

"山内的话，配松下就可以了吧。因为我要跟小栉田说话。"

"你这家伙……别开玩笑了。小栉田从以前开始就是我的目标了！我们就像是旧时在巨大樱花树下互相誓言要结婚的青梅竹马！这是命运的重逢啊！"

"你骗人！我从之前开始就觉得你老是在说谎了！"

"我说的话全部都是真的啊！"

如果完全相信他所说的，那么山内春树——自小玩游戏本领超群，被国外职业组挖过角，小学时曾进军全国桌球赛，初中时期成为棒球队的王牌，甚至被预测将成为职业选手——是名难以想象、处于顶尖的男人。

事实上却拿不出任何证据。

我虽然不知道队伍要往哪里走，悄悄地跟在后面。

本以为池跟山内会不顾一切地跟着栉田，没想到他们却从左右两侧包围了平田。

"我就直截了当地问了。平田，你是不是在跟轻井泽交往？"

池为了确认平田是敌是友，单刀直入地问道。

"咦……你是从哪里听来的？"

平田有点被吓到，露出慌张的模样。

"看吧。看来我们两个正在交往的事，果然还是被发现了哟！"

被询问的平田，在回答是或否之前，就被轻井泽紧紧抱住手臂。

平田露出像是败给她的模样，用食指挠挠脸颊，承认了他们正在交往的事实。

"真的假的！能跟轻井泽这种可爱的女孩交往，我真是超羡慕你的。"

山内打从心底羡慕似地说出这种言不由衷的话。将谎言说得让人不认为是谎言，看似简单却意外困难。

"那小栉田有男朋友吗？"

顺着这个感觉，池毫不犹豫地将话题切换到栉田身上。这还真是高招……

"我吗？很可惜没有。"

池和山内在心中暗自窃喜！岂止如此，他们两个人都憋不住笑意，脸上正不断地流露出喜悦。虽然也有可能是她隐瞒交了男朋友的事实，不过，大致上还是确定栉田是单身了。我也有点开心。

"糟糕，我的眼泪……"

"山内，别哭！山顶就在眼前！"

登上那座高山的路程，想必是无止境的漫长，也出奇地险峻吧……

平田和轻井泽两人走在一起，池和山内则是露骨地包围着栉田往前走。松下和森这两人跟在他们后面，应该觉得很无聊吧。而我则一个人跟在更后面走着。

"喂，池，我们要去哪里？"

我为了询问目的地而叫住池。他不耐烦地回头，冷淡回答道："我们才开学没多久对吧？所以要到处逛逛，看一看校区里的设施。"

没有明确的目的地。也就是说，这种有点尴尬的感觉，会持续下去吗……

不过，这种不愉快的预测，意想不到翻转了。

"欸欸，松下同学、森同学。你们两个人去看过哪些地方了呢？"

栉田尽管和池、山内两个人开心谈笑，却也向后面两名女生抛出话题。

"咦？啊，嗯……我想想。我们去过一次电影院，对吧？"

"嗯，放学后我们两个人去过。"

"这样啊！我也很想去，但还没去过呢。轻井泽同学，你们约会有去什么特别的地方吗？"

栉田为连结三个团体而开始行动了。真不愧是她。这种行为就算我拼了命也模仿不来。再加上，她偶尔也会对我莞尔一笑。这也让我觉得很高兴。

要是她多此一举抛话题过来，我会觉得很麻烦。栉田一面顾虑到我的性格以及想法，一面用眼神来表达她绝对不是无视我。如果栉田不懂得看气氛，只想当中心人物，是不会这么做的吧。

比如说，也有这种——明明以不唱歌作为条件陪朋友去卡拉OK，可是又被要求"唱嘛"，倘若拒绝，还会被说"这家伙搞什么，不懂得看气氛吗？"，最后反过来生气的人。

结果，自我中心的人就是有这种"在卡拉OK唱歌很开心＝大家应该都喜欢"的武断愚蠢想法。他们不明白世上就是有那种打从心底讨厌唱歌的家伙。

正当我在心中如此臭骂时，四周被非常嘈杂的气氛所笼罩。

看来他们在校区里的服饰店停下了脚步……说得时

髦一点就是时装店。

大家好像已经来过好几次了，毫不犹豫就往店里走。我一般平时都穿校服，周末也窝在家里，所以没买便服呢。

店里因为有许多学生而相当热闹，但却几乎没有高年级学生，多半都是一年级学生的样子。这该说是新生独有的未经世故吗？他们散发出了尚未熟悉环境的气息。

接着我们逛了下服装店，然后走向附近的咖啡厅。

平田的手上提着轻井泽买衣服的提袋。她花了三万点左右。

"大家都已经适应学校了吗？"

"刚开始很不知所措，不过现在已经完全适应了。不如说，这里太像梦幻国度了，我真是一辈子也不想毕业。"

"哈哈，看来池同学很享受学校生活呢。"

"我还想要更多点数。二十万……三十万点左右吧？买了化妆品跟衣服这类东西后，点数几乎没剩多少了。"

"高中生每个月零用钱高达三十万的话，不太正常吧？"

"说到这个，我认为就算是十万也很多了。我有点害怕呢，要是持续这种生活，毕业后不会觉得很困扰吗？"

"你是指金钱观会乱掉吗？的确那样会很可怕呢。"

不同的学生，对于发放的这十万点感觉完全不同。轻井泽跟池想要更多的点数，而平田跟栉田则认为点数太多，害怕奢侈生活结束后的未来。

"绫小路同学怎么想呢？觉得十万点是多还是少？"

不加入话题，专门聆听的我，栉田抛来了话题。

"怎么说呢……应该说还没有真实感，我也搞不太懂。"

"什么嘛。"

"我似乎能明白绫小路同学说的话。因为老实说这里和一般的学校差太多了。仿佛有在太空失重挥之不去的不踏实感。"

"就算在意那种事情也没用啦。哎呀，能够进这所学校真是太好了。我要痛快地把想要的东西买下来。事实上，昨天我不知不觉也买了新衣服呢。"

真是的，该说池很乐观吗？他好像很积极地在生活。

"话说回来，先不提小栉田或平田，真亏池和轻井泽能够成功入学欸。你们肯定很笨？"

"山内，你的脑袋也看起来不是很好哦。"

"你说什么？我以前在 APEC① 可是考了九百分。"

---

① 亚洲太平洋经济合作组织。

"APEC 是什么啊？"

"你连这种事也不知道吗？那是个非常困难的英文考试。"

"呃，那个大概不是 APEC，而是 TOEIC^① 哦。"

栉田温柔地吐嘈。顺带一提，APEC 是亚洲太平洋经济合作组织的意思。

"它……它们就像是亲戚那样的关系吧？"

它们跟家属、亲戚关系可是天差地远……

"这所学校的方针说是为了培育有前途的年轻人，所以校方并不是只以考试成绩来评价我们，不是吗？事实上，如果这是一所只用学习成绩来评判学生的学校，那说不定我也不会报考了。"

"那句'有前途的年轻人'，还真是适合我。"

池双臂抱胸，点头表示认同。

尽管这是一所以升学、就业率为傲，日本首屈一指的高中，但是录取与否的判断基准，却不光只是分数。

那么，这所学校究竟在学生身上看到了哪种可能性呢？

我突然对这件事情感到疑惑。

---

① 国际交流英语考试。

欢迎来到实力至上主义的世界

宣告五月第一天到来的上课铃声响起。过不久，手中拿着海报筒的茶柱老师便走进了教室。她的表情比平常还严肃。老师你是月经停了吗？要是开这种玩笑，感觉就会被她拿金属球棒朝脸部全力挥击。

"老师，你该不会是月经没来吧？"

没想到池居然说出了这种话。我跟他想法一致这点让我大受打击。

"接下来开始举行班会。不过在开始之前，你们有没有想问的问题？假如有在意的事情，最好趁现在问。"

茶柱老师对池的性骚扰视若无睹，说出这番话来。她的口气就像是很有把握学生会想提问。而实际上有好几名学生马上就举起了手。

"老师……我今天早上确认了一下，却发现点数没有汇进来。不是说每个月一号会给我们吗？我今天早上没办法买果汁可是很着急呢。"

"本堂，我之前也说明过了吧，就是这样没错。点数会在每个月一号汇入。这个月毫无疑问也已经汇入了。"

"咦，可是……点数不是没有汇进来吗？"

本堂及山内他们彼此互看。池则像是没注意到这件事而显得有些吃惊。的确今天早上，我想说确认看看点数，查询账户后却发现跟昨天完全相同。也就是说，新的点数并没有存入。我还以为之后一定会再汇进来。

"你们还真是一群愚蠢的学生。"

这是愤怒吗？或者是喜悦？茶柱老师散发出毛骨悚然的感觉。

"愚蠢……吗？"

茶柱老师对傻傻反问的本堂投以锐利的眼神。

"本堂，坐下。我不会再说第二次。"

"小……小佐枝老师？"

那是未曾听过的严厉语气，本堂就这样子坐到了椅子上。

"毋庸置疑点数已经汇入了。像是只有这个班级被遗忘的这类幻想也是不可能的。懂了吗？"

"不，就算你问我们懂不懂……事实上点数就是没有存进来……"

本堂感到困惑，同时也露出不满的神色。

假设事实就如茶柱老师所说的"点数已汇入"……

要是这之中没有矛盾？假设汇入的点数是零点？

这样的疑问虽然很微弱，然而也确实放大了起来。

"哈哈哈，原来是这么一回事啊，Teacher。我理解这个谜题了呢。"

高圆寺高声笑道，接着将双脚跷到桌上，趾高气扬指着本堂。

"这是很简单的事。代表我们 D 班这个月没获得点数。"

"什么？为什么啊。不是说每个月都会存进十万点吗……"

"我可不记得这么听说过。对吧？"

高圆寺一面冷笑，一面肆无忌惮地将指尖指向茶柱老师。

"虽然高圆寺的态度很有问题，不过事情就像他所说的那样。真是的，都已经给了这么多提示，能自己察觉的人却寥寥无几。真是可悲。"

突如其来的反转，使得教室里开始吵嚷起来。

"老师，我能提问吗？我有一些无法理解的事。"

平田举起了手。看得出来，他并不是为了自己，而是因为担心陷入不安的同学才举起手的。真不愧是班上的领导人物，连这种时候也率先采取行动。

"请告诉我们没被分发点数的理由，不然我们无法接受。"

点数没汇入的详细原因，确实完全是个谜团。

"迟到、缺席，共计九十八次。课堂中私下交谈、用手机的次数为三百九十一次。你们一个月之内就做了这么多次。在这所学校，班级的成绩将反映于点数上面。导致你们本来应该得到的十万点被扣掉了，事情就是这样而已。入学典礼当天我应该也明确说过，这所学校是以实力来衡量学生。然后你们这次则得到了'零'这个评价。只不过是这样而已。"

茶柱老师虽然很惊讶，但还是说出了机械般毫无感情的话语。来这所学校后所持有的疑问，很庆幸地都接连解决了。虽然是以最糟糕的形式。

也就是说，我们D班在一个月之内，就失去了起跑冲刺时所获得的十万巨额优势。

我听见了铅笔咯咯写字的声音。堀北打算掌控情势，冷静地记录着迟到、缺席，以及私下讲话的次数。

"茶柱老师，我不记得听过这种事情的说明……"

"什么啊，没人解释的话你们就无法理解吗？"

"这是当然的。我们并没听说过汇入点数会减少的这件事。只要有说明，大家应该就不会迟到或讲悄悄话了。"

"平田，你说的话还真不可思议呢。我确实不记得我说明过汇入点数将由怎样的规则来决定。但是，上课不要迟到、课堂中不要私下聊天……你们难道就没在小学、初中里学过吗？"

"这个……"

"你自己应该也记得吧？没错，在义务教育的九年之中，'迟到或上课聊天是不好的'，你们应该也都听到耳朵起茧了吧。而你们却偏要说没说明就无法接受？这种歪理根本就说不通。要是你们把理所当然的事情给理

所当然地完成，至少也不会变成零分。这全都是你们自
己的责任。"

言论正确且让人完全无法反驳。不论谁都很了解这
种最简单的事非道理。

"你们才刚升上高中一年级，难道真以为能毫无限
制的每个月使用十万？而且还是在日本政府设立为了教
育优秀人才的这所学校？用理智去思考也不可能吧？为
什么要一直对疑问置之不理？"

平田对这般正确言论露出不甘心的模样，但立刻就
看向老师的双眼。

"那么，至少也告诉我们点数增减的详细要求……
以作为今后的参考。"

"这办不到。和人事考核一样……也就是详细的审
查内容，按照这所学校的规定无法说出来。社会上也是
如此。你们就算进入社会、进了企业，是否要告诉你们
详细的人事审查内容，也是由企业来决定。不过，也是
呢……我也不是因为憎恨你们才这么冷淡。这状况实在
是太悲惨了，我就告诉你们一件好事吧。"

茶柱老师今天首次露出浅浅的笑容。

"就算改善迟到或者私下交谈……假设这个月扣到
零分，点数是既不会减少也不会增加的。简单来说，下
个月汇入的点数也会是零点。反过来看，不管再怎么迟
到或者缺席也都没问题。怎么样？好好记着可是不会有

损失哦。"

"唔……"

平田的表情变得更加阴沉。部分学生似乎尚未理解其中的意思，但是这种说明却几乎造成了反效果。想改善迟到或私下交谈的学生，将会因此而削弱决心。这便是茶柱老师的……不，是学校的目的吗？

话还没说完，宣告班会时间结束的铃声却响了起来。

"看来闲聊太久了。你们大致上都懂了吧？差不多该进入正题了。"

老师从手上的海报筒里取出厚厚的白纸，并把它摊开，张贴在黑板上，以磁铁固定。学生们就这样不知所措地盯着那张纸。

"这是……各班的成绩？"

我虽然半信半疑，但堀北如此解释道。大概没错吧。

上面列着A班到D班的名称，一旁则标示着最多四位数的数字。

我们D班是零，而C班是四百九十，B班是六百五十。然后数字最高的则是A班的九百四十。假设这些代表着点数，那一千点应该就相当于十万日元吧。所有班级的点数都被扣了。

"喂，你不认为很奇怪吗？"

"对啊……数字有点太过整齐了。"

我和堀北在贴出来的分数里注意到某个古怪的地方。

"你们这个月在学校中过的是随心所欲的生活。对此校方根本没有反对。不论迟到或私下聊天，最后都会反映到你们自己身上，点数的使用也是如此。要如何使用得到的东西都是持有者的自由，这一点校方也并没有加以限制。"

"太过分了！这样下去我都无法生活了！"

至今为止一直默默听着的池如此喊道。

连山内都极度惨烈地哀号着。因为那家伙的点数余额已经是零了……

"笨蛋们，好好看着吧。点数已经汇进除了 D 班以外的所有班级，生活一个月来说绰绰有余的量。"

"为……为什么其他班还有点数啊，好奇怪……"

"我先声明，校方没有任何不公正。这一个月内，所有的班级都是依照相同规则进行了评分。然而，在点数上却有着如此的差距。这就是现实。"

"为什么……班级的点数会相差到这种地步？"

平田也注意到贴出来的纸上所隐藏的谜团。点数的差距拉得太整齐了。

"你们渐渐理解为何会被选入 D 班了吗？"

"我们被选入 D 班的原因？这不是随便分的吗？"

140

“咦？一般分班都是这样的吧？”

学生们面面相觑。

“这所学校是依照学生们的优秀顺序来分班的。最优秀的学生到 A 班，没用的学生则到 D 班。这种制度在大公司或补习班里也很常见。简单说，D 班这里是聚集着吊车尾的最后堡垒。总之你们都是最糟糕的瑕疵品。这也很像是瑕疵品会有的结局呢。”

堀北的表情僵住了。分班的理由让她备受打击吧。

把优秀人才塞到优秀的箱子，把没用的人塞到没用的箱子，这样确实比较好。腐坏的蜜柑有时也会让健康的蜜柑腐坏。优秀的堀北会有反感也是必然的。

可是我觉得或许这样也好。因为就不会再往下降了。

“但是才一个月就将所有点数用完，就算在历届的 D 班里，你们也是首例。我反而很佩服你们竟然能搞到这种程度。厉害厉害。”

茶柱老师故意似的拍手声传遍了整个教室。

“也就是说只要班级点数是零，我们就会一直维持零收入吗？”

“对。这个点数将继续保持到毕业为止。不过放心吧。宿舍房间能免费使用，而且食物也有免费的。是死不了的。”

也许能过最低限度的生活，但这对于多数学生则连安慰都称不上。学生们在这个月里过着极度奢侈的生活。突然要他们忍耐，也是件相当难受的事情。

"也就是接下来我们要被其他家伙看不起了吗？"

须藤"砰"的一声踹了桌脚。如果班级顺序是以优劣来决定，就等于公开表示最差的D班当然就是笨蛋聚集地。会自卑也无可厚非。

"什么啊，须藤。连你也会在意面子啊。那就努力让班级往上爬吧。"

"啊？"

"班级点数并不只是和每月汇入金额连动。这个点数值会直接反映于班级排名。"

也就是说……假设我们持有五百点，就能从D班晋升到C班吗？真的很像是企业的考核。

"还有一个遗憾的消息必须告诉你们。"

又在黑板上张贴了一张纸。列着一排全班同学的名字。名字的旁边又记着数字。

"就算你们再笨也该明白这数字代表什么吧。"

老师用高跟鞋踩着地板发出喀喀声，并且看了学生一眼。

"这是上次小考的结果。班上尽是些'精英'，老师可是很高兴哦。你们在初中究竟学了些什么啊？"

除去部分排名靠前的同学，大部分的学生都只得到六十分左右。先不看须藤那不可思议的十四分，下一个则是池的二十四分。平均分数为六十五分左右。

"太好了呢。如果这是正式测验，才刚开学就有七个人要被退学了。"

"退……退学？这是怎么回事呀？"

"什么啊，我没说过吗？这所学校规定只要期中、期末考里有一科考得不及格就得退学。就这次考试来说，所有低于三十二分的学生都是要被退学的。你们真的是很愚蠢呢。"

"啊啊啊啊啊啊啊啊？"

首先发出惊惶叫声的是包含池在内的那七名学生。

张贴出来的纸上，七人之中分数最高的菊地是三十一分，其上方画有一条红线。换句话说，菊地及其以下的学生全都不及格。

"小佐枝老师，别开玩笑了！退学可不是开玩笑的啊！"

"就算你跟我说，我也很为难。这就是学校的规定。赶紧觉悟吧。"

"看来就如 Teacher 所说，这个班级里真的有很多蠢货呢。"

高圆寺一面打磨指甲，双脚就这样跷在桌上，一副很了不起似的样子微笑着。

"高圆寺你说什么！反正你也是不及格组吧！"

"哼，Boy，你的眼睛到底长到哪儿了？睁大眼睛好好看看吧。"

"咦？没有高圆寺的名字欸……咦？"

池从后往前看，终于找到了"高圆寺六助"这个名字。

令人不敢相信的是，他不仅排名靠前，而且还是并列榜首的其中一名。分数是九十分。说明高圆寺解开了一道难度很高的题目。

"我还以为高圆寺跟须藤一样绝对是笨蛋呢！"

也能听见池以外的人说出这种混杂着惊叹及挖苦的话语。

"我再补充一件事情吧。这所学校在国家的管理之下，以高升学率及就业率为傲。这是众所皆知的事实。这个班级大部分的人，或许也有着希望升学、就业的目标吧。"

这是理所当然的吧。这所学校在全国也是升学、就业率首屈一指。传言只要能从这里毕业，就算是平常很难录取的地方都能轻易进去。就连似乎能保送到日本最顶尖级别的东京大学这般煞有其事的谣言都有了。

"但是……世上可不会有这种便宜好事。这个世界可没简单到连你们这些低水平的人不管到哪里都能升学、就业。"

茶柱老师的话传遍了教室。

"也就是说，想获得实现就业、升学目标，就必需晋升到 C 班以上……对吧？"

"平田，这也是错的。如果想要这所学校替你实现将来的愿望，也只有晋升 A 班这个办法。这所学校，想必不会给 A 班以外的学生任何担保。"

"怎……怎么会……我没听说过这种事！这没道理啊！"

一名戴着眼镜，叫做幸村的学生站了起来。他在考试中与高圆寺并列榜首，取得了无可挑剔的成绩。

"真是难看呢。没什么比起男人惊慌失措的模样还要更加惨不忍睹。"

高圆寺像是觉得幸村的声音很刺耳似的叹了口气，并如此说道。

"高圆寺，你被分到 D 班就不会不服气吗？"

"不服气？我不懂为何需要不服气呢。"

"我们被校方认定为低等的放牛班学生，而且我们连升学或就业都没保障。不服气是当然的！"

"哼，实在是很 Nonsense。就是这样才说你愚蠢透顶。"

高圆寺没有停下打磨指甲的手。岂止如此，他看也不看幸村一眼。

"这只是校方无法测量出我的 Potential 罢了。我比任何人都还要认可、尊敬、敬重自己，并自诩是个伟大的人。即使校方擅自做出 D 的评价，对我来说也没有任何意义。假如要我退学，那就随便他们。因为事后会哭着来找我的，百分之百会是校方呢。"

　　真不愧是高圆寺！不知该讲他是很有男子气概，还是唯我独尊。这确实只是校方评定出来的 A 或 D，不去在意的话就没什么大不了了。如果从智力或体能的高低来考虑，也很难想象 A 班全体学生都凌驾高圆寺之上。他恐怕是由于奇怪的性格，才会被分到 D 班吧。

　　"况且我一点也没想过要学校替我解决升学、就业的问题呢。我将来要继承高圆寺财阀。不管是 A 还是 D，都无所谓。"

　　对于未来有保障的这个男人，的确完全没有必要到 A 班。

　　幸村一时语塞，就只能这样坐了下来。

　　"看来欢乐的气氛已一扫而空了呢。你们如果理解自己身处的情况有多么残酷，那这段冗长的班会或许也有意义了。距离期中考试还有三个星期，你们好好想想，然后避免退学吧。我相信会有能避免不及格，并且熬过考试的方法。要是可以的话，就拿出与实力者相符的行动前来挑战吧。"

　　茶柱老师用力地关上门，离开了教室。

　　不及格组的学生们颓丧地低着头。平时恣意妄为的须藤也哑嘴并低下了头。

1

　　"没有点数可以用，接下来要怎么办啦。"

"我昨天把剩下的点数全用光了……"

老师离开后的休息时间，教室里一片嘈杂……不对，是极度混乱。

"比起点数班级才是问题……开什么玩笑！为什么我在 D 班啊……"

幸村愤怒地发出粗暴的声音，额头上也冒出汗水。

"话说，原来我们没办法进到喜欢的大学吗？那我又是为了什么才进这所学校？小佐枝老师是不是讨厌我们……？"

其他学生们也同样难掩愁色。

"我能明白大家混乱的心情，但是暂时先冷静下来吧。"感到教室气氛险恶的平田，为了稳定大家情绪而站了起来。

"冷静什么啊，被说是吊车尾，你难道不会不甘心吗！"

"就算现在是这样，不过只要同心协力把这口气争回来不就好了吗？"

"争回这口气？我可是从分班的阶段就无法接受！"

"我很了解你的心情。但是，就算现在在这里吐苦水也没什么用吧？"

"你说什么？"

幸村靠近平田，快要抓住他的衣领时。

"你们两个人都冷静点嘛，好不好？刚才老师一定是为了激励我们，才会说得这么严厉，不是吗？"

　　是栉田。她一进入对峙的两人之间，就轻柔地把手放在幸村紧握的拳头上。幸村果然也不想让栉田受到伤害，不禁往后退了半步。

　　"而且呀，我们才开学一个月吧？就像平田同学所说的，接下来大家一起加油不就好了？我……说的没错吧？"

　　"没……没有，栉田你所说的话也确实没错……"

　　幸村将近一半的怒火已烟消云散。栉田的双眼认真诉说着——只要 D 班的大家团结一致，总会有办法。

　　"是……是啊。不用这么着急对不对？而幸村和平田也没有必要吵架。"

　　"抱歉。我刚才不够冷静。"

　　"没关系。我才更应该注意措辞。"

　　栉田桔梗的存在，将这个随随便便的讨论会给整合了起来。

　　我拿出手机，并输入黑板上张贴着的纸上所写的点数。看见我这种行为的堀北，觉得不可思议似的探头来看。

　　"你在做什么？"

　　"我在想办法看能不能推出点数的明细。你也抄了很多笔记吧。"

　　只要能了解迟到、闲聊等会扣几分，也会比较容易想对策。

"现阶段要算出细项不是很困难吗？而且，我不认为这是你去调查就能解决的问题。这个班级只是单纯有太多次的迟到及私下聊天。"

就如堀北所言，光凭目前手边的信息很难判断。就连堀北似乎也感到焦急。总觉得她失去了以往那份冷静的态度。

"你也是想升学的吗？"

"为什么要问这种事？"

"没什么，因为你听见 A 和 D 的差异时似乎很震惊。"

"这种事情，班上不管是谁或多或少都会吧？在开学前就说明的话那还另当别论。到这个阶段才告知可是让人无法接受。"

也是呢。恐怕不止 D 班，C 或 B 班的学生肯定也心生了不满。在学校看来，A 以外的班级都被视为放牛班。虽然如此，唯一的好处或许就是只要努力，往上升班似乎也伸手可及。

"对我来说，在讲 A 或 D 之前，我更想先确保点数。"

"点数只不过是副产物，就算没有也不会妨碍生活。实际上，学校里也到处都有能免费利用的东西吧？"

现在一想，那就是对我们这种没有点数的人所提供的救济措施吧。

"不影响生活啊……"

只是活着的话确实不成问题。可是也有很多东西是只能用点数来买的。最具代表性的便是娱乐了吧。要是缺少娱乐，校园生活就很无趣了……

"绫小路同学，你上个月用了多少？"

"嗯？哦，你是指点数啊。大概用了两万左右。"

悲惨的应该是点数用得精光的学生吧。比如是从一开始就在桌上大吵大闹的山内。池应该也花了大半。

"我虽然觉得他们很可怜，但这也算是自作自受呢。"

一个月内毫无计划就花光十万，的确有点问题。

"也就是说，我们在这个月里，彻底对这甜蜜的饵上钩了。"

每个月十万。尽管觉得不可能这么简单，但不知不觉还是很兴奋。

"各位，课堂开始以前，我希望你们能稍微认真听我说。特别是须藤同学。"

在依然嘈杂的教室中，平田站上讲台，吸引了学生的目光。

"啧，干吗啦。"

"我们这个月没有获得点数，这是今后的校园生活里非常棘手的问题。我们不可能到毕业为止都用零点来生活吧？"

"我绝对不要那样！"

一名女学生发出惨叫般的声音。平田温柔地点头表示赞同。

"当然。正因为这样，所以我们下个月一定要获得点数。而且为了获得点数，全班一定得同心协力。为了不迟到或课堂私下交谈，我们要彼此互相提醒。当然也禁止玩手机。"

"什么？为什么我们得听你的命令啊？点数会增加的话就算了，如果不会改变也没意义吧？"

"可是，只要继续迟到或者私下交谈，我们的点数就不会增加。那只是不会从零再降下去，但毫无疑问是扣分项目吧。"

"真是没办法接受呢。认真上课点数居然不会增加。"

须藤对其嗤之以鼻，并不满地双手抱胸。面对这种状况，栉田说道：

"在校方来看，不迟到或不私下交谈都是理所当然吧？"

"嗯，我认为就像栉田同学所说的。这是理所当然应该做到的。"

"这是你们擅自的解释吧。而且，要是不知道增加点数的方法，再怎么做也只是白费力气吧。找到增加方法之后再来讲啦。"

"我并不是因为讨厌须藤同学才这么说的。如果造成你的不愉快，我向你道歉。"

平田对流露不满的须藤，依然很有礼貌地低下了头。

"但是，如果没有须藤同学……不，如果没有大家的配合，确实就无法获得点数。"

"你们想做什么都随便，但别把我卷进去，听懂了吗？"

须藤似乎觉得在这个地方待不下去，说完这些话就出了教室。

不晓得他打算在上课前回来，还是就这样子走了。

"须藤同学真的搞不清楚状况欸，迟到次数最多的也是他。要是没有须藤同学，我们应该还会剩下一些点数吧？"

"对呀……真是太糟糕了。为什么我会跟那种人同班……"

直到今天早上大家都还享受着幸福的生活，而且也没有半个家伙对须藤有怨言。在这种气氛之中下了讲台的平田，很难得地来到我们的座位前。

"堀北同学，还有绫小路同学，为了增加点数，放学后我想讨论接下来该怎么做。我很希望你们也来参加。怎么样呢？"

"为什么要找我们？"

"我打算问班上所有人。可是我觉得如果一次性地问所有人，半数以上的同学一定只会把话听一半，不会认真听我说。"

所以才会想要分开问吗？虽然我不认为能讨论出什

么好主意，但如果只是参加的话应该也没关系吧。当我这么想的时候……

"抱歉，能找其他人吗？我不擅长讨论。"

"不用勉强发言哦，而且想到什么的话再说也没关系。只要在场就足够了。"

"不好意思，但我不打算陪着你们做没意义的事情。"

"我想这对我们D班来说是第一个试炼。所以……"

"我应该已经拒绝了。我不会参加。"

这是极为冷静的一句话。堀北尽管有考虑到平田的立场，但还是再度表示了拒绝。

"这……这样啊。抱歉……要是改变心意，我希望你能来参加。"

平田看起来很遗憾地放弃邀约，而堀北也已经不再看着他了。

"绫小路同学，你觉得怎么样呢？"

说真的参加也可以，因为班上大部分的人都会参加讨论吧。

但是，只有堀北不在场的话，她也有可能会被当成像须藤那样的异类。

"呃……不了，抱歉啊。"

"没关系，是我不好，突然邀请你们真是唐突了。不过，如果改变心意的话请随时跟我说哦。"

平田有可能是理解了我的想法，而乖乖作罢了。

对话一结束，堀北就开始为下一堂课做准备。

"平田像那样采取行动，还真是了不起啊。这时候就算沮丧明明也不奇怪。"

"这是其中一种见解吧。不过，如果这是简单讨论就能解决的问题，那就不会这么辛苦了。脑袋不好的学生就算群聚讨论，还不如说只会更陷于泥沼，徒增混乱。而且对我来说，我还没办法好好接受目前的状况。"

"没办法接受？这是什么意思？"

堀北没回答我的问题，在这之后保持了沉默。

2

放学后，平田就如早上知会大家的那样站上了讲台，在黑板上开始准备作战会议。

这种参与度可窥见平田向心力的厉害程度。除去堀北、须藤与几名男女，座位几乎客满。等我注意到的时候，没参加的同学们都已经不在教室了。在开始正式讨论前，我也出去吧。

"绫小路……"

山内挂着奄奄一息的表情，从课桌底下探出头来。

"干……干什么啊。怎么了？"

"用两万点买下这个啦！我没点数什么也买不了……"

放在桌上的是山内刚买的游戏机。坦白说我完全不想要。

"你要是把它卖给我，那我要跟谁玩才好啊？"

"那种事我怎么知道。好不好嘛，特价卖很划算哦。"

"如果是一千点我就买。"

"绫小路！我能依靠的就只有你了啊！"

"为什么只有我啊……我可是爱莫能助啊。"

山内抬头用湿润的双眼看着我，但是我觉得很恶心，因此移开了视线。

他好像觉得无法从我身上获得施舍，马上就瞄准了其他目标。

"博士！作为我最重要的朋友，我有事想拜托你！用两万两千点买下这台游戏机吧！"

这次他似乎打算强迫推销给博士，而且还不要脸的涨价了。

"点数用光的人好像很辛苦呢。"

栉田看着山内和博士的互动，前来搭话。

"倒是栉田你的点数还够用吗？女孩子有许多必需品要买吧？"

"嗯……目前还够用吧。我用掉一半左右了。这一个月用得太随意了，所以要节俭的话有点辛苦呢。你也够用吗？"

"你交友圈广，生活完全不用钱也很困难呢……我则是几乎没怎么用。而且我也没有特别需要买的东西。"

"难道是因为没有朋友吗?"

"喂……"

"哈哈,抱歉抱歉。我完全没有恶意哟。"

栉田笑嘻嘻地合掌道歉。这种模样也非常可爱。

"栉田同学,你现在方便吗?"

"轻井泽同学,怎么了?"

"其实我啊……点数花得太多了,现在真的很缺钱呢。我正在慢慢地跟班上的女生借点数,我希望栉田同学也能帮我。我们是朋友对吧? 真的,一个人只要两千点就好了。"

轻井泽嬉皮笑脸地求栉田借她点数,但态度完全看不出来是在拜托人。像这种事情,马上就会被拒绝了事。

"嗯,可以啊。"

居然答应了! 我在心里吐嘈着,不过朋友之间的事,也得由当事人来做决定。

栉田看样子没有任何不情愿,马上就决定要帮助轻井泽了。

"谢啦! 朋友果然是不可或缺的呢。这是我的转账号码,那么就麻烦你了。啊,井之头同学,其实我啊,点数花得太多了……"

轻井泽发现下个目标后,便像风一般地从我们面前离去。

"这样好吗？点数十之八九要不回来哦。"

"朋友如果有困扰，我也没办法放着不管。轻井泽同学的交友圈也很广，我想要是没点数的话会很辛苦。"

"但就算这样，我觉得把十万点数花光也是她个人的问题。"

"啊，可是要怎么把点数给她呢？"

"你从轻井泽那里拿到写着转账号码的纸张了吧？在手机输入的话应该就能转账了。"

"校方也有好好地替学生设想呢，还准备了这样的系统，来帮助像轻井泽这样的人。"

这对轻井泽来说的确是及时雨，但是有必要特地设计成能够汇款、转账的系统吗？还不如说，这很有可能成为纠纷的导火线。

"一年D班的绫小路同学，班主任茶柱老师有事找你，请立刻前往教师办公室。"

温和的前奏音效播放完之后，教室里就传遍了不带感情的广播通知。

"老师好像在找你呢。"

"是啊……枬田，抱歉。我去去就回。"

我完全不记得开学以来做过什么违反纪律的事情。我总觉得自己身后承受着同学沉重的视线，便迅速溜出了教室。

如兔子般胆小的我，悄悄打开教师办公室的门。环视之下却没看见茶柱老师的身影。无可奈何，我向正在照镜子的老师搭话。

"不好意思……请问茶柱老师在吗？"

"咦？小佐枝？嗯……刚刚都还在的。"

转过头来的老师，有着一头微卷的中长发，很有当今成年人的味道。她亲昵地称呼茶柱老师为小佐枝，年龄看起来也很相近，或许是朋友吧。

"她好像是暂时离开座位了。你要进来等吗？"

"不用，我在走廊等就行。"

我不是很喜欢教师办公室。由于不想受到瞩目，于是我决定在走廊等茶柱老师。而年轻老师不知是想到什么，忽然来到走廊。

"我是B班班主任，叫做星之宫知惠。我和佐枝是高中以来的挚友，而且还是称呼彼此为'小佐枝'、'小知惠'的关系哟。"

我明明连一也没问，她就提供了没什么用处的信息。

"欸，小佐枝为什么叫你出来呀？欸欸，为什么呀？"

"呃，这我也完全不知道……"

"你不知道啊？连原因也没说就叫你出来？这样啊……你的名字是？"

她展开攻势，盯着我上下打量。

"我叫绫小路。"

"绫小路同学啊。你蛮帅的嘛……一定很受欢迎吧？"

这自来熟的老师是怎么回事啊？她和我们的茶柱老师完全不同，与其说是老师，还不如说比较像学生。

如果是在男校，想必她立刻就会掳获全体学生的心吧。

"欸欸，你有女朋友了吗？"

"没有……因为我并不受欢迎。"

跟她有所牵扯的话似乎不太妙，因此我故意表现得很不耐烦。然而，星之宫老师却并没有放弃，积极靠过来。她用纤细漂亮的手抓住我的手臂。

"是吗？真是意外欸，我要是和你在同一个班级，可是绝对不会放着你不管！你不会是很迟钝吧？"

她用食指戳我的脸颊，我不知该怎么反应。假如突然舔她的手指，应该就能结束她的纠缠吧。但是，这样我就会被叫去教职员会议，立刻得到退学处分。

"星之宫，你在做什么？"

茶柱老师突然出现，并用手上的板夹用力打了星之宫老师的头，发出"砰"的一声。星之宫老师抱头蹲下来，好像很痛的样子。

"好痛……你干什么啊！"

"还不是因为你缠着我的学生。"

"因为他说要来见小佐枝，我只是在你还没回来的时候陪陪他而已嘛。"

"不要理他不就好了。绫小路，让你久等了。这里讲话不太方便，跟我到辅导室吧。"

"不，我觉得在这里讲也没关系。比起这个，您说去辅导室……我做错什么了吗？我觉得我在学校小心行事，并没有太引人注目。"

"不要顶嘴。跟我过来。"

搞什么啊……虽然我这么想，但还是跟着茶柱老师往前走。在一旁笑容满面的星之宫老师也悄悄跟着我们。茶柱老师立刻就察觉到，用恶鬼般表情转过头说道："你别跟过来。"

"不要这么冷淡啦！让我听一下也不会少块肉吧？而且，小佐枝是那种绝对不会进行个别指导的人吧？可是却忽然把新来的绫小路同学叫到辅导室……小佐枝是不是有什么其他目的。"

她笑眯眯地回答完，就绕到我的身后，将手放在我的双肩。

虽然看不见星之宫老师的表情，但是我感觉得到她们的视线在激烈碰撞着。

"小佐枝，你该不会想以下犯上吧？"

以下犯上？这是什么意思。

"别说傻话了，这种事当然不可能。"

"哈哈，这种事情小佐枝的确办不到呢。"

星之宫老师意有所指地喃喃说道，继续跟着我们。

"你打算跟到什么时候？这是我们 D 班的事情。"

"咦？我只是要一起去辅导室哟！不行吗？你看，我也能帮忙给建议呀！"

正当星之宫老师打算硬跟过来，一名不认识的女学生挡在了我们的面前。她留着一头浅粉色头发。

"星之宫老师，能不能占用您一点时间？关于学生会有些事想请教您。"

她一瞬间和我对上了眼，不过马上就移开视线，转向星之宫老师。

"看，你也有访客。快去吧。"

茶柱老师用板夹"砰"的一声打了星之宫老师的屁股。

"真是的……再这样下去好像就真的会惹小佐枝生气，下次见喽，绫小路同学。一之濑同学，我们去教师办公室吧。"

她这么说完，就轻快地往回走，并和那名叫一之濑的美女一起前往教师办公室。

茶柱老师目送星之宫老师离开后，挠了挠头，就朝着辅导室的方向走去。不久，我们就到了教师办公室旁的辅导室。

"请问……把我叫出来是……"

"嗯，这个嘛……你先来一下这里。"

茶柱老师瞄了几眼墙上挂着的圆形时钟，就立刻打开辅导室里的一扇门。这里看起来像是茶水间，炉子上有烧水壶。

"煮茶对吧？焙茶可以吗？"

我拿起装着焙茶粉末的罐子。

"不必多事了。你安静地待在里面。没有我的允许，你不准出来，也不准发出声音。明白了吗？违反的话就退学。"

"您的意思我完全……"

茶柱老师没跟我过多解释，就这样把茶水间的门关上了。她到底在打什么算盘？

我暂且还是按照茶柱老师的嘱咐乖乖等着，结果没过多久就传来了开门声。

"进来吧。堀北，你找我是想说什么？"

看来前来拜访辅导室的是堀北。

"我就直说了，为什么我会被分配到 D 班呢？"

"还真的是开门见山呢。"

"老师您今天说只有优秀的人才会被选入 A 班，而 D 班则是校内聚集着吊车尾的最后堡垒。"

"我所说的是事实。看来你以为自己很优秀呢。"

被毫不客气地指出，堀北打算怎么回话呢？我打赌她会强烈反驳。

"入学考试的问题，我有自信几乎都解出来了，而且我也不记得在面试里有出现重大失误。我想至少我不会被分配到 D 班。"

果然猜中了。堀北自以为自己很优秀。而我觉得这并非是她自作多情，事实上她确实很优秀。而且堀北在今天早上公布的考试成绩也并列于榜首。

"几乎解出了入学考题？原本入学考试结果是不能给学生看的，不过我就破例让你看吧。刚好这里有你的试卷。"

"准备得还真是周到呢……就像是知道我会有意见一样。"

"我好歹也是老师。自认为对学生的个性有一定程度的了解。堀北铃音，你的入学考试成绩，就跟你自己想的一样。你在今年的一年级之中，获得了并列第三名的成绩。分数也和前两名相差无几。考得非常好呢。就连在面试中，也确实没发现大问题。不如说表现非常好。"

"谢谢您。既然如此那我为什么会被分到 D 班呢？"

"在这之前，为什么你会对被分到 D 班这件事不服气呢？"

"没被分到与我水平相符的班级，当然不服气。何况在这所学校，班级不同，未来也不一样。"

"水平相符？你对自己的评价还真高啊。"

茶柱老师不禁发出讥讽似的嘲笑声，不过也可能只是单纯的笑而已。

"我承认你的学业能力很优秀。你的头脑确实很好。不过是谁说成绩优秀的人就一定能进优秀的班级？我可没说过。"

"这是……这是社会上的常识。"

"常识？不就正是那个常识造就了如今糟糕的日本吗？光凭考试成绩就给予人评价并决定优劣，其结果就是无能者在高层操弄权势，拼命排挤那些真正优秀的人，而最终的结局便是世袭制。"

世袭制是指地位、名誉、职业由子孙代代继承的意思。

听见这些话，我不禁咽下口水，也非常困惑。

"很会读书确实也是一种能力，我不打算否定这一点。可是这所学校的目的是为了培养真正优秀的人才。如果你认为光靠成绩就能分到好班，就大错特错了。学校最开始就和新生说明过这件事情了。你冷静想想吧。假如学校只以学业能力来决定优劣，你觉得须藤他们进得来吗？"

"唔……"

这里虽然是日本首屈一指的升学学校，但是也有学生是靠读书以外的方式入学。

"况且，片面断言'没被分到与你水平相符的班级'也未免言之过早。如果分到了A班，就得承受来自校方的强大压力，以及差班的强烈忌妒。每天被迫在沉重的压力中竞争，是件比想象中还要辛苦的事情。其中也有人觉得没被分到 A 班是件好事。"

"您在开玩笑吧？我完全无法理解那种人。"

"是吗？我想 D 班里也有那种因为被分到 D 班而庆幸的怪学生。"

这些话宛如是隔着墙壁针对我说的。

"您还是没有解释清楚我为什么会被分到 D 班。麻烦您再次确认一下我被分到 D 班是否为事实，计分标准是否出了错误。"

"虽然很遗憾，但是你被分到 D 班这件事并不是我们的失误。你这种程度的学生必然会被分到 D 班。"

"这样啊。我会重新询问校方。"

看来她并没有放弃，而是觉得跟班主任谈也没用。

"你就算去跟上层的人谈，结果也一样。况且你也不必悲观。早上我也说过班级会根据表现而上下浮动。毕业以前都还是可能会晋升到 A 班。"

"我不认为那是条简单的路。聚集着差生的 D 班，获得比 A 班还要高的点数？这不是痴人说梦吗？"

堀北的逆耳之言也是颇有道理。点数的压倒性差异就证明了这一事实。

"这就不关我的事了。要不要将这条有勇无谋的路作为目标，都是你的个人自由。堀北，还是说，你难道有什么非晋升到 A 班不可的特殊理由呢？"

"那……今天我就先告辞了。但是请您记住我并没有接受这件事情。"

"知道了，那我就记着吧。"

我听见了拉椅子的尖锐声音。谈话似乎结束了。

"啊，对了。我还找了一个人来辅导室。是个跟你也有关系的人哦。"

"有关系的人？难道是……哥……"

"绫小路，出来吧。"

真不希望她在这种时机叫我。我还是就这样不出去好了。

"如果不出来的话，我就让你退学哦。"

好……好过分。身为教师居然若无其事地把退学当作武器。

"你到底要让我等到什么时候才满意啊。"

我边叹气，边装模作样地回到辅导室。当然，堀北显得相当惊讶及困惑。

"我说的话……你都听见了吗？"

"什么话啊？虽然我知道你们好像在说着什么，不过听不太清楚啊。这墙壁还真是出乎意料的厚呢。"

"没这回事。这个房间的声音能清楚地传到茶水间哦。"

看来茶柱老师无论如何都想把我拖下水。

"老师，为什么要做这种事情？"

　　堀北立刻就察觉了这是预谋好的，非常生气。

　　"因为我觉得需要。绫小路，我来解释一下我为什么找你来辅导室吧。"

　　茶柱老师忽略堀北的疑问，把话题切换到我身上。

　　"那我就先告辞了……"

　　"堀北，等等。你还是听我说完比较好。这说不定会是晋升到 A 班的提示哦。"

　　正打算转身的堀北停下动作，重新坐回了椅子上。

　　"请长话短说。"

　　茶柱老师将视线落在板夹上，并且微微地笑了。

　　"绫小路，你真是个有趣的学生呢。"

　　"我可不比拥有'茶柱'这奇特姓氏的老师还要有趣。"

　　"你想向全国姓茶柱的人磕头谢罪吗？嗯？"

　　不，我想就算找遍全国，除了您以外也没有人会姓茶柱……

　　"我打算结合入学考试的成绩，来思考每个学生的教导方式，但是看到你的考试成绩时，却发现了一件很有意思的事情。刚开始我还真是吓了一跳呢。"

　　茶柱老师从板夹上将看起来很眼熟的入学考试卷慢慢地摆在桌上。

　　"语文五十分、数学五十分、英文五十分、社会五十分、自然五十分……附带一提，这次小考的成绩也是五十分。你们明白这意味着什么吗？"

堀北吃惊地看着考卷，接着把视线移到我身上。

"偶然还真是可怕啊。"

"哦？你是说，所有考试成绩都是五十分，是偶然？你是故意的吧？"

"这只是偶然，再说您也没有证据。操控考试分数对我会有什么好处啊？要是我有能考高分的头脑，就全科考满分了。"

我故意开个玩笑，老师却吃惊地叹了口气。

"看来你实在是个令人讨厌的学生。听好，数学的第五题，全年级的正确率是百分之三，其中的复杂算式，你全都完美地解开来了。另一方面，第十题的正确率是百分之七十六，但你却答错了。一般来说，怎么会反而答错这题？"

"我不知道这世上的'一般'是什么啦。这是偶然哦，偶然。"

"真是的，我虽然很佩服你这种干脆的态度，不过这一点会让你以后吃苦的哦。"

"这也是很久以后的事，我到时候再想。"

怎么样？茶柱老师用眼神示意堀北。

"你……为什么要做这种莫名其妙的事？"

"我都说了这是偶然。我可不是什么隐藏的天才。"

"真的吗？堀北，搞不好他还比你聪明哦。"

堀北身体抽动了一下。老师，能不能请您不要再多嘴了啊?

"我又不喜欢读书，而且也不打算努力。所以考了这种分数。"

"这真不是选择这所学校的学生该说的话啊。虽说如此，说不定你也有那种与其他学生不同的特殊理由，就像高圆寺认为分到 D 班和 A 班都一样。"

不只是这所学校，连这老师也很不简单。刚才她和堀北的对话里，也讲了许多能让堀北动摇的话。全校学生的"秘密"仿佛全都掌握在她的手中。

"那么，那个特殊的理由是什么?"

"你想听我详细说明吗?"

我没有漏看从班主任茶柱老师的眼神深处所露出的锐利光芒。看来，我正被诱往她想要的谈话方向。

"算了。要是听了，我有可能就会突然抓狂，然后破坏掉辅导室里的所有备品呢。"

"绫小路，如果这样，你就会被降级到 E 班。"

"有那种班级吗?"

"所谓的 E 班等于 Expelled 退学。我的话就说到这了。好好享受接下来的学生生活吧。"

这句话真是讽刺。

"我要走了。教职员会议差不多要开始了。这里要锁起来，你们两个赶紧出去吧。"

茶柱老师推着我们两个人的背，把我们赶往走廊。她为什么要把我叫出来，并让我和堀北碰面呢？看不出来她是会做无意义事情的那种人。

"总之……先回去吧。"

我没等堀北反应过来就向前迈步。我想现在还是别和她待在一起比较好。

"等等。"

堀北叫住了我，但我没有停下脚步。因为我只要逃到宿舍就安全了。

"刚才的分数……真的只是偶然吗？"

"当事人不是都这么说了吗？还是你有什么证据能说我是故意的？"

"虽然没有证据……不过，你有些地方我搞不太懂。你说自己是避事主义，对A班似乎也不感兴趣。"

"倒是你对A班好像有非比寻常的情感呢。"

"难道我不能努力让升学或就业获得优势吗？"

"当然可以，这是理所当然的事。"

"我原以为进了这所学校，只要顺利毕业就算抵达了终点。不过，实际上却并不是这样。我都还没站上起跑线。"

堀北似乎加快了脚步，回过神来她已经走在我边上了。

"那你是认真打算以A班为目标吗？"

"我会先查明校方真正的意思。弄清楚为什么我会被分到 D 班。假设真的就像茶柱老师所说的，我是被校方判断为 D 的话……到时我就会以 A 为目标。不，是绝对要升上 A 班。"

"这会相当辛苦哦。你必须让问题儿童们改过自新。须藤的迟到还有跷课、课堂私下聊天、考试分数，这些都改善了才终于会是正负零。"

"我知道。可以的话我还是比较期待这是校方的失误。"

堀北自信十足的话语，反而使我不安。她真的了解情况吗?

依据今天的情况，我得出的结论是"绝望"二字。只要遵守基本校园生活规范，应该就能在某种程度上防止扣分吧。然而，最关键的还是不清楚怎么样才能加分。连最优秀的 A 班，尽管只有一点点，也还是被扣了分。

况且就算发现能有效增加点数的方法，其他班级也可能会用相同方式来增加点数。

点数差距一旦被拉开，想在有限的时间内缩小差距会非常困难。

"我大概明白了你的想法。但是，我不认为校方会就这样一直旁观着。因为这样就没有竞争的意义了。"

"原来如此，还有这种看法啊。"

因为她推测校方不会允许 A 班开学一个月就把其他

班级甩开。也就是说，堀北似乎相信某种大幅增减点数的机会一定会来临。

"你不想靠自己的双手改变现在这种状况吗？"

"不想。"

"不要这么自豪地马上回答。"

我的侧腹遭到一记下拳击。即使我做出痛苦的表情，堀北也完全无视。

"很痛欸……我能体谅你的心情，但这并不是单凭个人就能解决的问题。须藤也说过了吧。就算改善自己，假如班级整体还是扣分的，那就没有用。"

"不对呢。个人虽然办不到，但正确答案是……这是每个人都必须去解决的棘手问题。如果不是每个人都去做，那就连起跑线也无法站上了。"

"我只知道，不管答案是什么好像都非常麻烦。"

"不得不立刻改善的事情，主要有三项：迟到、私下交谈，以及期中考试全班都不能不及格。"

"前两项在某种程度上应该有些办法吧。可是，期中考试就……"

上次的小考的确有很难的题目，不过大部分都是难度很低的问题。光这样就有好几个人考不及格。如果是这种程度的学生，老实说之后的期中考试还真是前途一片黑暗。

"所以……我希望绫小路同学也能帮忙。"

"帮忙?"

我露出非常嫌弃的表情,但堀北只看了一眼就带过了。

"我今天早上也看见你拒绝平田。我也可以用同样的理由拒绝你吧?"

"你想拒绝?"

"我说啊,你难道觉得我会很高兴地帮忙?"

"虽然不至于认为你会很高兴地帮忙,但我也不觉得会被你拒绝。如果你当真想拒绝,那么到时候……算了不说了。以后的事想也没用。所以,帮还是不帮?"

可以的话,我还真希望你能说完刚刚欲言又止的话……虽然这么说,但我该怎么做啊。我并不打算无情拒绝寻求帮助的人。不不不,冷静点。要是在这里爽快地说要帮忙,到毕业为止都会被她任意使唤。在这里我得狠下心来。

"我拒绝。"

"我就知道绫小路同学你一定会帮忙。谢谢你!"

"我才没这么说! 我刚刚彻底拒绝了吧!"

"不,因为我能听见你心里的声音。它说想要帮忙。"

好可怕! 那个电波般的东西到底是什么,好可怕!

"说起来我也不认为自己能帮上什么忙。"

堀北的考试分数自然不用说,连脑袋也转得很快。

应该没必要找我帮忙。

"不用担心。因为绫小路同学一点也不需要动头脑。作战计划就交给我，你只要付出劳力就可以了。"

"什么？付出劳力？"

"对绫小路同学来说，点数变多也不是什么坏事吧？你只要遵从我的指示，我就保证会带领班级增加点数。"

"我是不知道你有什么策略，可是你还是学着去依赖除了我以外的人吧。若是你想交朋友的话，我肯定会帮忙啦。"

"很遗憾，我实在想不出 D 班里有比你还更好使唤的人才。"

"不不不，这种人才堆积如山呢。你看，比如平田。那家伙的话，在班上吃得开，头脑也很好，实在很完美。再加上他也很关心你在班上被孤立的事情。"

只要堀北伸出手，他们马上就能成为朋友了。

"他不行呢。他确实拥有一定的才能，不过暂时用不到他呢。对了，打个比方的话……就是将棋 ① 的棋子。现在我想要的并不是金将或银将，而是步兵呢。"

---

① 使用将棋盘，由两人进行的对弈。双方各摆二十个棋子，轮流走棋，以将死对方的王将为胜。据说在奈良时代末期传入日本。

这个……她是在说我是步兵吗？她是这么说的吧？

"步兵只要努力的话也能成为金将哦！"

"真是个有趣的回答。可是你看起来不像是会努力的人。一直当个步兵就好、不想提升地位——你不是这么想的吗？"

明明才认识没多久，她居然就能精准吐嘈我。假如我是普通人，内心早就受创了。

"抱歉，我还是没办法帮助你。这并不适合我。"

"那等我想好策略后再联络你。到时就请你多多关照了。"

我的想法一点也没传达给堀北。

集合吧，不及格组

五月初公布点数以来，不知不觉一个星期快过去了。池他们都默默听着老师上课。只有须藤肆无忌惮地在打瞌睡，不过谁也没有谴责他。大家觉得，既然还没找到能够加分的手段，就无法对其进行纠正。

即使如此，大部分同学一天比一天疏远须藤也是不争的事实。

我也有点想睡。这堂课结束后就是午餐时间了。这段时间还真是难熬。我昨天看电影，不小心熬夜了，就这样睡着的话，应该会很舒服吧……

"唔哇！"

正当我昏昏欲睡地点着头，右手臂忽然传来强烈的痛感。

"绫小路，你怎么突然大叫。叛逆期吗？"

"没……没有。茶柱老师，对不起。灰尘跑进了眼睛里……"

刚才的大叫很难判断究竟会不会被当成私下交谈。不过对点数变得敏感的同学们，却对我投来斥责的目光。我一边抚摸着刺痛的部位，一边恶狠狠地瞪着隔壁同学。堀北只将视线移向我这边，而手里握着一把圆规。

她简直疯了。说起来为什么她会常备圆规啊？我想高中课程里几乎用不到。课堂一结束，我就立刻去逼问堀北。

"有些事情能做，但有些事情是不能做的吧！圆规可是很危险的欸！"

"难不成你在对我生气？"

"我的手臂可是被开了一个洞欸！"

"你是指什么？我什么时候有拿圆规的针刺你了？"

"你手上不就拿着凶器吗？"

"难道只因为我拿在手上，你就断定是我刺的？"

我虽然清醒了，但之后却痛得无法上课啊。

"小心点。如果你被发现在打瞌睡的话，我们班毫无疑问会被扣分。"

堀北为了摆脱 D 班，已经开始展开行动。向校方抗议的事，想必化为泡影了吧。啊……好痛。可恶，要是下次堀北快要打瞌睡的话，我一定要复仇。

到了午餐时间，当同学们打算离开的时候，平田开口说话了。

"茶柱老师所说的考试即将来临。我想全班同学都了解，假如考不及格，就会立刻被退学。因此我想招集同学来开一个读书会。"

看来 D 班的英雄也开始打算做这种慈善事业了。

"如果不认真读书而考得不及格，那就代表着必定会被退学。我不希望看到这种事情发生。而且，读书不仅能避免退学，说不定还可以增加点数。如果班级保持高分的话，审查结果应该也会变得比较好。几个考试成绩不错的同学会准备应考对策。所以，我希望对考试感到不安的人能来参加我们的读书会。当然，不管是谁我们都很欢迎哦。"

平田目不转睛地注视着须藤的双眼，温柔地如此说道。

"啧……"

须藤马上就移开视线，并双手抱胸闭上了眼。

自从他拒绝平田在入学当天提议自我介绍的那件事之后，他们的关系就一直很差。

"从今天开始，直到考试结束，每天五点在这间教室补习两小时。如果想参加的话，随时都可以过来。当然，中途离开也没有关系。我要说的就是这些。"

平田这么说完，立刻就有几名不及格的学生离开座位，往他的身边走去。

不及格的人之中，没有马上跑到平田身旁的，只有须藤、池、山内这三个人。除了须藤以外的两个人，虽然有点犹豫，然而最后还是没去找平田。我不知道他们是害怕须藤不高兴，还是纯粹讨厌平田受欢迎的模样。

1

"中午有空吗？如果可以的话，要不要一起吃饭？"

一到休息时间，堀北就主动过来向我攀谈。

"受到你的邀约还真是稀奇呢。我总觉得很恐怖。"

"并没什么好恐怖的。如果吃山蔬套餐的话，我也不是不可以请你。"

那个不是免费套餐吗……

"开玩笑的。我会好好请客。你想吃什么都可以。"

"我还是觉得很可怕。你不会是别有企图吧？"

说起来，堀北说要请我吃饭的这件事，本身就可疑得不得了。

突然受到邀约的话，会令人怀疑……我想起来堀北之前这么说过。

"如果沦落到无法坦率接受他人的好意，那你就不配做人了。"

"话虽如此……"

反正我也没什么事，而且她请客的话，那就去吧。于是我便和堀北前往学生餐厅。

我挑了价格偏贵的特别套餐，接着占了位子，与堀北一起坐下。

"那么，我开动了？"

堀北似乎在等着我开动，而定睛看着我。

"绫小路同学，怎么了？赶快吃吧？"

"哦，嗯。"

好恐怖。她绝对别有企图。不可能没有。虽然这么说，可是我也没办法就这样一直不开始吃，而且冷掉的话也很浪费。于是我小心翼翼地咬了一口可乐饼。

"那我就直接进入正题了。能听我说几句话吗？"

"我有种极度不好的预感……"

当我准备站起来逃跑的时候，堀北抓住了我的手。

"绫小路同学，我再说一次。你能听我说几句话吗？"

"好……"

"自从茶柱老师给予忠告之后，班上的迟到确实有减少，连私下交谈的次数也都锐减了。可以说大部分扣分要素都已经消除了。"

"是啊，而且这原本也不算什么难事。"

虽然说不定不会维持太久，但是至少这几天远比过去好太多了。

"接下来我们该做的，就是在两周后即将到来的考试中，执行能让同学考取更高分的策略。就像刚才平田同学所发起的行动一样。"

"读书会吗？嗯……这个策略的确可以防止不及格。只不过……"

"只不过什么？你感觉话中有话呢。有什么问题吗？"

"没事，不用介意。但是你会在意别人还真是稀奇啊。"

"本来我是无法想象会有人考试会不及格。但是，世界上就是有那种不管怎样都会考不及格的没救学生，这也是事实。"

"你是指须藤他们啊。你还是老样子讲话毫不客气呢。"

"我只不过是实话实说而已。"

这所学校不仅规定不能离开校区，而且也禁止一切对外联系。既然没有像补习班那种设施，那么最后也只能由擅长读书的学生，在课外时间额外进行教学的这个策略了。

"平田同学看来会很积极地展开读书会，所以我就安心了。不过，须藤同学、池同学、山内同学都不会参加读书会吧？我很介意。"

"那些家伙啊，因为和平田很疏远，或者应该说他们之间关系很差。想必不会参加吧。"

"换句话说，再这样下去他们不及格的可能性很高。为了升上 A 班，大前提是不被扣分，而搜集能加分的点数也是不可或缺的吧？我猜考试成绩也可能与加分有所关联。"

学生们在考试中付出多少努力，就会获得多少相应的回报……自然而然地会这么想。

"难道……你也想要像平田一样开读书会吗？而且还是为了帮助须藤跟池他们？"

"对。你要这么想也无妨。不过你应该会觉得很意外吧。"

"你至今为止的态度，不可能不让人意外吧。"

其实我并非特别惊讶。她这么做应该终究还是为了自己，而且我不认为堀北是那种特别无情的人。

"我明白你想升上 A 班的想法了。不过，老实说我认为用一般的手段教须藤他们念书是行不通的。大部分会考不及格的学生，都比一般人还更讨厌读书。况且，你从第一天开始就和同学保持距离了对吧？不会有那种奇怪的家伙，想聚集到自认不需要朋友的人身边哦。"

"所以我不就向你开口了吗？还好你跟他们关系不错。"

"喂，难道……"

"身为朋友的你来说服的话，应该很容易吧？对了，你把他们带到图书馆就行了，我来教他们学习。"

"你别说这种乱来的事啦。你认为对于走在畅通无阻人生道路上的我来说，能办到那种连人生赢家平田都没办到的事情吗？"

"这不是办不办得到的问题。你必须去做。"

我是你养的狗还是什么吗？

"堀北，要以 A 班为目标是你的自由，但别把我牵扯进去。"

"我请的午餐，你吃下去了吧？特别套餐真豪华，真是太棒了呢。"

"我只是坦率地接受了他人的好意而已。"

"很遗憾，但这并不是'好意'，而是'别有用意'哦。"

"我完全没听你说过欸……好，那么我也请你同点数的东西，这样就抵消了。"

"我自认没有落魄到要让人请客的地步，所以我拒绝。"

"现在或许是我第一次对你感到愤怒……"

"所以你打算怎么做？协助我？或者与我为敌？"

"这感觉就好像是你拿枪抵在我的额头上，并威胁我去做欸……"

"并不是'好像'，实际上这就是威胁呢。"

这就是堀北所说的"暴力的力量"吗？确实很有用。

如果只是说服须藤他们参加读书会的话也没什么关系……吧？

因为堀北没什么朋友，事实上应该最不擅长这种事情。

再说，须藤和池他们也是我好不容易才交到的朋友。我可不想让他们一下子就被退学。

正当我在犹豫该怎么办的时候，堀北更是说道：

"你和栉田同学串通，并说谎把我叫出来的事，我可是还没打算原谅你哦。"

"你不是说不会责怪这件事吗？事到如今才在翻旧账，也太狡猾了吧。"

"那是对栉田同学说的，我不记得我曾原谅你。"

"唔哇，真是卑鄙……"

"你要是想将功赎罪就得协助我。"

看来从一开始我就没有退路。

堀北早有准备想让我帮忙，不过能趁这个机会一笔勾销也好。

"我不保证能成功找齐大家哦！这样也没关系吗？"

"我相信你一定可以把大家找齐。这是我的手机号码跟邮箱。有什么事的话，随时联系我。"

以料想不到的形式，首次在高中生活里取得女生的联系方式。

虽然是堀北的……我……我才没有很开心呢。

2

我环视了教室一圈。我到底该怎么做啊？

放学后要不要一起念书？如果我这么问，有谁会跟过来呢？

我和须藤以及池他们的关系，已经到偶尔能一起吃饭的程度。可是这帮家伙和读书完全扯不上关系……虽然知道没希望，但还是姑且先问看看吧。

"须藤，能打扰一下吗？"

我向午休时间回到教室的须藤搭话。他流着汗，呼吸也有点急促。说不定他连午休都在努力地练习篮球。

"这次的期中考试，你打算怎么办？"

"这件事啊……不知道啦，我又没认真学习过。"

"这样啊……我正好有个好办法哦。我想从今天起每天放学后都开读书会。你要不要参加？"

须藤张着嘴巴，思考了一下。

"你是认真的？我连学校的课程都觉得麻烦，放学后还要读书？要我怎么读得下去啊。而且我还有社团活动，没办法啦。最重要的是由你来教？你成绩没有很好吧？"

"这点就放心吧，要教你们的人是堀北。"

"堀北？我对那家伙不是很了解啊。很可疑，我拒绝。只要考试前熬夜抱个佛脚，总会有办法吧。你可以走了。"

须藤果然马上回绝了读书会。我虽然有试着缠着他，但他完全听不进去。

可恶，没用吗？我要是继续扒着他不放很可能会被揍。没办法，还是先从稍微容易下手的家伙开始吧。我向一个人玩着手机的池搭话。

"池，你要不要……"

"不了！我听见你和须藤的对话了。读书会？我才不想参加。"

"你知道如果考不及格，就会被退学吗？"

"我确实经常考试不及格啦，不过基本上都熬过来了呢。临近考试的时候，我会再跟须藤一起熬夜抱佛脚，背一背书。"

池认为只要拿出决心就没问题，而不把考试放在眼里。对于会被退学，他并没有什么危机感。

"如果上次的考试不是突袭，我就会考四十分左右了。"

"我知道你想说什么，但是不怕一万就怕万一吧？"

"放学后的时间对高中生来说可是很宝贵欸。我没心思学习啦。"

池用手驱赶我，对我说"你可以走了。"他正在用手机专心地跟班上女生聊天。自从得知平田交到女朋友之后，池就拼命地想交女朋友。我故意垂头丧气地回到自己的座位。这是一个倾诉"虽然努力过却还是办不到"以博取原谅的作战。

"真没用。"

"我可听到了哦。你说什么？"

"我说你真是没用。你该不会就这样放弃了吧？"

可恶……这是求人办事的态度吗？这家伙脸皮真厚。

"怎么可能啊，我还有四百二十五招呢。"

我坐下来环视教室。与课堂上的紧绷感相反，午休里的教室洋溢着轻松的气氛。总而言之很嘈杂。

总之，要想出一种能让讨厌念书的人去念书的方法。还不是在课上，而是要利用课后的时间来看书。虽然一般来说被拒绝也是情理之中，但这可是关乎是否会被退学的大事。

只要有个契机，就算是刚才表示拒绝的须藤也应该会来参加。

　　既然如此，接下来就只用准备诱饵了。要让他们觉得，只要读书就会有好事发生。可以的话，要既具体又容易理解。再来，最好是效果显著。

　　我想到了！

　　上天的启示翩然降临。我睁开双眼，转身面向堀北。

　　"虽然堀北你的职责是教他们读书，但是要引诱须藤和池他们念书并不容易。因此，我需要你其他的力量，帮帮我吧。"

　　"其他的力量？我先听你说说……我该做什么才好呢？"

　　"例如……如果考了满分，就能和堀北交往。这样的话，那些家伙一定会上勾哦。男人的动力不论何时都是女孩子。"

　　"你想死吗？"

　　"不，我想活下去。"

　　"本以为你是经过深思熟虑后才向我开口，认真听你说话的我还真是个笨蛋啊。"

　　不，我真的认为这种事会比想象中还要奏效。这大概会促使他们拼尽全力去读书。然而，堀北却完全无法理解男人心。

　　"那一个吻呢？只要考满分就能获得堀北的香吻。"

　　"你果然还是想死吗？"

　　"我……我想要活下去。"

堀北快速地将利落的一拳打在我的脖子上。可恶，堀北果然不同意这类的奖励啊。效果明明就非常好。没办法，只好重新思考了。

这时，我注意到教室中有个特别显眼的存在。这个人物与平田不太一样，拥有着团结班级的可能性。她就是栉田桔梗。

外表当然不在话下，总之她就是非常开朗活泼。她有着不分男女、无论是谁，都能与其轻松闲聊的社交手腕。事实上池也打从心底喜欢着栉田，而且须藤他们也对她没有什么坏印象。另外，栉田的考试成绩相比之下应该也比较高。这个重大任务正好适合她。

"喂……"

要不要拉栉田过来加入我们？我正准备开口就打消了念头。

"怎么了？"

"不……没什么。"

这家伙很讨厌与人有所瓜葛。上次我和栉田的"朋友作战"就让她相当生气了。这次的读书会，堀北一定不会允许考及格的栉田参与其中吧。我就暂时将这件事留到放学，等堀北回宿舍之后再执行吧。

3

转眼就到了放学时间。堀北马上就离开教室回宿舍了。应该是要去归纳考试范围给读书会使用吧。那我就去找栉田吧。

"能打扰一下吗？"

我向正准备回家的栉田搭话。对于意想不到的访客，她歪着头很纳闷。

"绫小路同学居然会主动来找我说话，还真是稀奇呢。找我有什么事情吗？"

"嗯，如果方便的话能占用你一点时间吗？我有点事想找你商量。"

"我待会儿要和朋友出去玩，所以没有太多时间……不过可以哦。"

栉田没表现出丝毫的不情愿，而且一脸笑容地跟着我走了出去。

我把栉田带到走廊的一角，她看起来很开心，等着我开口。

"栉田，感到高兴吧。你被选为亲善大使了。从今以后你就好好为班级做贡献吧。"

"咦？抱歉，这是什么意思呀？"

我简单地向栉田阐述为了帮助须藤他们而想开读书会的缘由。

当然，我也告诉了她，要教书的人是堀北。

"我想你或许也能通过这个读书会和堀北增进关系。"

"我确实是很想增进关系……不过不用担心哦。帮

助碰到困难的朋友，不是理所当然的吗？所以我会帮忙哦。"

这家伙人也太好了……看来她想阻止池和须藤他们被退学。

"真的可以吗？如果你不愿意的话，我也不强迫哦。"

"啊，抱歉。我刚才的停顿并不是不愿意的意思。我只是因为……很开心。"

枥田靠在走廊的墙上，并轻轻踢了一脚。

"只要考得不及格就得退学，还真是过分呢。好不容易和大家成为朋友，却要因为这种事情而分开，我才不要！在这种时候，听到平田同学说要开读书会。我真的很佩服他。不过，堀北同学似乎比起我还更加关心班里的同学呢，因为她在注意须藤同学他们。所以就觉得堀北同学也有好好地替班上同学着想呢。如果我能帮得上忙的话，什么都愿意做哦！"

枥田牵起我的手，并绽放出笑容。哇！超级可爱的！

不过现在可不是兴奋的时候。我的目标是成为一个与世无争的男人。于是我装模作样地故作冷静。

"那就拜托了。有枥田在的话我就放心了。"

看见这张笑容，怎么可能有男人的心不被融化。

"啊，不过能答应我一个请求吗？我也想参加那个读书会。"

"什么？只有这一个要求？"

"嗯，我也想和大家一起学习嘛。"

这正合我意。有栉田在的话，应该也能为往往很沉闷的读书会带来一丝治愈吧。虽然可能会引起"栉田"争夺战，不过，这也不关栉田的事。

"那读书会从什么时候开始呢？"

"暂定明天开始。"

由堀北准备……我在心中默默加上了这句话。

"这样呀，那得今天就和大家说呢。我等一下会去联络的。"

"啊，我告诉你须藤他们的联络方式吧。"

"不用啦，他们三个的我都知道。班上还不知道联络方式的，就只有绫小路同学和堀北同学而已……"

我都不知道这件事……话说回来，为何只剩下我和堀北？

"我就坦白问喽，你们两个是不是已经在交往了？"

"这……这是哪儿来的消息啊。我和堀北只是朋友……不对，只是邻桌而已。"

"在班上的女生之间有很多传言了哦。堀北同学不总是一个人吗？但是好像只跟绫小路同学的关系很好，而且也会一起吃饭。"

不知不觉，女生们之间已经开始产生谣言了啊。

"很遗憾，我和堀北之间完全没有那种甜蜜的故事。"

"那应该就没问题了吧？请和我交换联络方式。"

"乐意之至。"

于是，我就这样获得了第二名女生的联络方式。

4

晚上，我在房间里发着呆时，手机收到了一条消息。是栉田发来的。

山内同学、池同学都说 OK 了哦。

"好快。"

话说回来，池这家伙刚拒绝了我的邀约，却马上就转变了态度啊。对男人而言，女孩子的存在果然很重要呢。

我也正在和须藤同学联络，情况感觉还不错。

消息又传来了。照这样发展，也许明天真的能集合大家。

这种比想象中还要迅速的发展，让我觉得现在应该将消息告诉堀北。栉田协助我们的事，以及池和山内已经因为栉田的影响力而参加，外加栉田也会一起来的事大略写下，给堀北发了一条长消息。

"那我就先去洗个澡吧。"

当我正从床上站起来的时候，堀北的电话马上打了过来。

"喂?"

"喂，我无法理解你的意思。"

"什么啊，什么叫无法理解我的意思。我认为已经写得很简洁了哦！太好了呢，包含须藤在内的三个人大概都能找齐了。"

"不是这个，我可没听说栉田帮忙的这件事。"

"这是我刚刚决定的。深受同学信赖的栉田要是能够帮忙，会远比我去劝说还更有可能召集大家。而实际上须藤和池他们也接受了，不是吗？"

"我不记得我有允许过这种事。再说她又没有考不及格。"

"我说你啊……与其让我去召集，不如让拥有班级社交网的栉田加入，还会大幅提升成功几率。我单纯是采取了几率高的手段而已。"

"我无法接受呢。你也应该得到我的允许之后再去做吧？"

"我知道你很讨厌像栉田那种积极的人，但是，这是为了避免不及格的手段吧？还是说，你要现在从零开始自己一个一个找齐不及格组？"

"这……"

堀北的心里应该也明白有栉田在会更好。

碍于自尊心作祟，才使她拉不下脸。

"距离考试也没剩多少时间了。真的不行吗？"

这么说的话，就算是堀北应该也能明白时间所剩无

几。尽管如此，堀北心中却好像还有什么地方无法释怀，并没立刻做出决定。短暂的沉默之后，

"好吧。为了顾全大局，目前也别无他法了。但是，我只允许栉田同学帮忙找齐不及格组。我不同意让她来参加读书会。"

"不，所以我说啊，这个是栉田帮忙的条件啦，你别说这种胡闹的话。"

"我不会同意栉田同学和读书会扯上关系。这件事情是不会改变。"

"难道是因为之前那件事吗？是因为之前我和栉田合伙把你骗出来了？"

"和这件事无关。她不属于不及格组。我觉得让闲杂人等加入只会更加费事并且徒增混乱。"

虽然这也说得过去，不过我不认为理由只有这些。

"总觉得你明显很讨厌栉田。"

"你把讨厌自己的人放在身边，难道不会不舒服吗？"

"咦？"

我一瞬间无法理解堀北所说的意思。

栉田毫无疑问比谁都还更想了解堀北，并且想和她成为朋友。

我实在不觉得这样的栉田会讨厌堀北。

"要是因为栉田没来导致人凑不齐，你打算怎么

办啊？"

"不好意思，整理考试范围比想象中还更耗时间。我还需要再花一些时间，差不多该挂了。晚安。"

"啊，喂……"

堀北单方面地将电话挂掉。她讨厌与人交涉到这种程度也太过头了吧。然而，既然她的目标是升上 A 班，那也有必要妥协。

我挂掉手机，插上充电器，并将它放到桌上，躺在床上。

我回想着从考进这所学校开始，直到今天为止所发生的种种事情。

"瑕疵品……吗……"

入学典礼那天，印象中二年级的学长是这么对我们说的。

瑕疵品用英文来说，就是 Defective product。

那是拿来嘲笑我们 D 班学生的说法吧。说不定乍看之下很完美的堀北，也拥有着缺陷。根据今天的事情，我不由得了解到了这点。

"该怎么办啊……"

就这样硬干吗？但是这种状况，也可能导致最坏的结果，那就是堀北的脱离。

负责教书的堀北要是不干了，那就会浪费掉大家的时间。

我抱着沉重的心情，决定给栉田打电话。

"喂？"

接听电话时伴随着"呼"的强劲风声，随后风声立即转弱、消失。

"难不成你刚才在吹头发？"

"抱歉，你听到了呀？我正好吹完了，所以没关系。"

"呃，那个……虽然这非常难以启齿……我今天说的召集不及格组的事情，你可以当做没发生过吗？"

"呃，这是为什么？"

栉田在短暂沉默之后如此回答。与其说是生气，不如说是更想知道理由。

"抱歉，我无法说得很详细，但情况变得有点复杂。"

"这样啊……堀北同学果然反对我加入呢。"

我一点也不记得自己有流露出这种语气，栉田却通过电话看穿了这点。

"这和堀北无关，是我自己发生了一些失误而已。"

"不用隐瞒也没关系哦，我并没有生气哟。堀北同学好像很讨厌我，所以我觉得会被拒绝也没办法。而且我也猜到了。"

这就是女人的直觉吗？

"总之，真是抱歉。好不容易你答应帮忙。"

"不，绫小路同学不用为这件事情道歉。只是呢……我不觉得光靠堀北同学就能找齐须藤同学他们呢。"

　　这个部分即使我想否认也非常困难。

　　"堀北同学对你说了些什么呢？连我召集人员也反对吗？还是说，她只是不想让我参加读书会呢？"

　　她的用词精确到就好像她当时在场听到我和堀北的通话内容一样。

　　"是后者。你一定不开心吧，抱歉。"

　　"哈哈哈，我想也是呢。所以我就说了，绫小路同学不用为这件事情道歉哟。你看，堀北同学不是有种难以亲近的气质吗？所以我想这也是意料之中的。"

　　即使如此，栉田也太敏锐了。

　　"不过，我是以'我也会参加'的这个理由，才让大家同意了呢……我既然都邀请了，也没办法说谎告诉他们我不能参加吧？如果我现在发消息通知大家，堀北同学大概就真的会被所有人讨厌了呢……"

　　我对栉田稍微产生了恐惧感。虽然这并没有什么依据。

　　"这次能不能交给我？"

　　"交给你？"

　　"我明天会把大家带到堀北同学身边。当然我也会去哟。"

　　"这……"

　　"没事的啦。好吗？还是说，绫小路同学现在就能解决一切的问题？除去我，让大家集合，并且让他们认同堀北同学？"

很遗憾，但这几乎是不可能的吧。

"我知道了。那就交给你了。但要是发生什么事我可不负责哦。"

"没关系。绫小路同学不用负任何责任。那么就明天见喽。"

与栉田的通话就这样结束了。我真是连想都没想过，这居然会比跟堀北讲话还要累人。那家伙虽然说没关系，但真的没问题吗？

堀北无论对象是谁，只要是不接受的事情，她都会极力地去争辩。一触即发的局面是一点就爆啊。我虽然感到不安，但还是决定走向浴室。

一想到明天……算了，我还是别再想这种糟糕的事了。

反正再怎么烦恼，明天也还是会到来，也还是会结束。船到桥头自然直。

5

堀北从早上开始就很不开心，满肚子火。如果她是以鼓起脸颊、脸气得红通通或者可爱地不断捶打男性的胸膛这种可爱的生气方式来表达，那该有多好啊。

即使我向她攀谈，她也面无表情、始终不发一语。简直就把我的存在当做空气。

但是当我也打算转过身无视她的时候，却会听见她拿出圆规的声音。真是太可恶了。接着，漫长的一天结束，终于放学了。

"该来参加读书会的人都找齐了吗？"

她今天说的第一句话就是读书会啊。而且还故意用了耐人寻味的说法。

"栉田会帮忙集合大家。今天起大家应该都会参加吧。"

"栉田同学吗……你明确告诉她让她别来参加读书会了吗？"

"说了。"我如此回应，堀北像是理解了，并催促着我前往图书馆。快要离开教室之前，我往栉田的方向传递眼神，她便非常可爱地向我眨了眨眼。

我们在图书馆边缘的长桌占了一个角落，等待着不及格组。

"我把人带来了哟！"

栉田来到了坐着等候的我和堀北身边。而在她身后的是……

"我听小栉田说要开读书会。我也不想才刚入学就被退学呢，请多指教啊！"

是池、山内，以及须藤这三个人。然而，却有个意想不到的访客。是一名叫做冲谷的男生。

"咦？冲谷有考不及格吗？"

"啊，没……没有。虽然是这样……但是我上次考试差点不及格，担心这次期中考试不及格……不行……吗？我有点难以加入平田同学那群人……"

冲谷可爱地红着脸，抬起头这么对我说。在他纤细的身体之上，有着一头蓬松的蓝色波波短发。若是对女生没有免疫力的男生，或许会不小心喊出"你这么可爱，小心我爱上你哦"。要是这家伙不是男人，就危险了。

"让冲谷同学参加也没关系吧？"

栉田向堀北进行确认。冲谷的分数应该是三十九分，是为了保险起见才想参加吧。

"如果是担心不及格的学生，那没关系。不过必须认真学习。"

"嗯！"

冲谷看起来很开心地坐到了位子上，而栉田打算坐在他的隔壁。但是堀北是不会看漏的。

"栉田同学，绫小路同学没和你说吗？你是……"

"其实我好像也会考得不及格，所以很不安呢。"

"你……之前的小考成绩应该不差吧。"

"嗯，其实只是运气很好而已。上次考试不是有很多选择题吗？我大部分都是乱猜的，没想到自己竟然考及格了。"

栉田可爱地嘿嘿笑，并用食指挠了挠脸颊。

"我觉得自己应该和冲谷同学成绩差不多，或者比他还差一些。所以我也想参加读书会，避免不及格。不行吗？"

该说她很大胆吗？我对于栉田出其不意的策略掩藏不住惊讶。这是在确认堀北同意让冲谷加入后，所进行的反击。如此一来，堀北也不得不同意了。

"我知道了。"

"谢谢。"

栉田笑着对堀北鞠躬，并坐了下来。说不定没有考不及格的冲谷会在这里，也全是栉田的作战。她漂亮地替自己制造出能参加的正当理由。

"低于三十二分就是不及格，那三十二分就算是出局了吗？"

"因为是用'低于'，所以有三十二分就安全了。须藤，你没问题吧？"

就连池都在替须藤操心了。不过，至少他还是想让须藤知道"以上"跟"低于"的差别。

"不管及格标准是哪个都无所谓。因为我要在座的各位都以五十分为目标。"

"啊？要考到五十分会相当辛苦吧？"

"为了低空飞过及格线而念书是很危险的。假如不能轻松超越及格线，到时候要是发生了意外，困扰的也是你们自己哦。"

不及格组以及其后补，勉强遵从了堀北的正确主张，并点了点头。

"我试着把这次考试的范围简单整理到这里了。在考前这两周左右，彻底地把你们教会。如果有不懂的题目，随时问我。"

"喂，第一题我就看不懂了。"

须藤用近乎瞪着的方式盯着堀北。而我试着将题目念了出来。

"A、B、C三个人总共有两千一百五十日元。A比B还要多一百二十日元。假设C将五分之二的钱交给B，那么B就会比A还要多两百二十日元。请问A一开始有多少钱?"

这是三元一次联立方程组的问题吧，高中生足以解开这种题目。做为第一题也还说得过去。

"稍微动脑筋想看看吧。如果从一开始就放弃思考，可是无法前进的哦。"

"就算你这么说……可我对读书也完全没辙啊。"

"真亏各位考得上这所学校呢。"

校方并非只以考试成绩来判定能否入学。须藤应该是被评定体育能力很优秀吧。如此一想，如果因为考试不及格而被迫退学，那他怎么忍受得了呢。

"唔，我也不会……"

池也非常苦恼地抓着头。

"冲谷同学会吗?"

"嗯……A 加 B 加 C 是……两千一百五十日元……A 等于 B 加一百二十……然后……"

真不愧是考及格的冲谷，他开始写起了联立方程组。

栉田则在一旁关心着冲谷解题。

"嗯嗯，没错没错。接着呢？"

与其说栉田很大胆，不如说她相当挑衅。说自己差点不及格，却还在教冲谷读书。

"老实说，这种问题就连初一、初二的学生依据不同解法也能够解开。如果在这里就失败，可是无法继续前进的。"

"你是说我们连小学生都不如？"

"不过，应该就像堀北同学所说的，我们要是在这里失败就糟了。小考里数学第一题的难度大约就是这样，但是最后的题目很困难，我也不会解呢。"

"听好了，这题利用联立方程组，就能轻松地求出答案。"

堀北毫不犹豫地挥起笔来。很遗憾的是，看得懂算式的人也顶多只有栉田和冲谷。

"说起来，所谓联立方程组是什么啊……"

"你不是在开玩笑吧？"

他们之前应该过着与读书无关的生活。须藤把自动铅笔扔到了桌上。

"不行了，我放弃。这种事我怎么做得下去啊。"

明明才刚开始学习没多久，须藤他们就宣布了放弃。

堀北看见他们这么没出息，在一旁静静地累积怒气。

"等……等一下嘛，各位。再努力看看嘛。只要明白解题方式，剩下的就是运用了，而这应该也能在考试中派上用场。好不好？"

"唉，如果小栉田都这么说了，我也是可以再努力看看啦……假如能让小栉田来教的话，或许我能更努力一些。"

"呃，这个……"

堀北对为征询意见而看向自己的栉田保持沉默。她不论是YES还是NO都没有回答。这是最令人困扰的局面。然而，要是长时间维持沉默，不及格组很有可能会放弃念书。于是栉田下定了决心，把自动铅笔拿了起来。

"这里呢，就像堀北同学所说的，是个需要利用联立方程组的题目。所以，我先把刚才说的部分试着用算式写出来哟。"

栉田这么说完，就将三行方程式一次列完。虽然不及格组看起来是有在努力，可是对于没理解基本原理的他们来说，即使列出了解题算式给他们看也没用吧。这个有名无实的读书会，实际上就像是课后辅导。大部分的学生都没办法跟上这种笼统的学习方式。

"所以，答案是七百一十日元。怎么样呀？"

这个运算过程对她本人来说应该很满意吧。栉田浮现笑容，看向须藤。

"咦，这样答案就出来了吗？为什么啊？"

"唔……"

接着，她便深刻体会到没有人能跟上她的说明。

"我并不打算否定你们，但是你们也未免太无知、太无能了。"

保持沉默的堀北，终于开口说话了。

"连这种问题都解不开，我光是想象你们未来该怎么办，就觉得毛骨悚然了。"

"吵死了，这跟你无关吧！"

须藤拍了桌子。他果然对堀北的说法感到愤怒了吧。

"这确实与我无关。你们就算再怎么痛苦，对我也没有影响。我只会感到很同情。你们至今为止的人生，应该也是一直在逃避着辛苦的事情吧。"

"你还真是畅所欲言啊。读书对将来根本一点用也没有。"

"读书对将来没用？这话还真有意思。你有什么依据呢。"

"就算不解开这种题目，我也从来没因此而烦恼过。根本就没必要读书。与其咬着课本不放，不如以职业篮球为目标，对将来还比较有帮助。"

"这是不对的。能够像这样逐一将问题解开,才会让至今为止的生活产生变化。也就是说,如果读书的话,是有可能让自己过得更轻松的。就算是篮球,道理也相同。你一定也是只挑对自己有利的球规在打球对吧?而对于真正需要苦练的部分,你是不是也就像读书这样逃避呢?我不认为你会认真练习。最严重的还是你那种破坏周遭和谐的性格。如果我是顾问老师的话,一定不会让你成为正式球员。"

"你!"

须藤一站起来,就冲去抓住堀北的衣襟。

"须藤同学!"

栉田比我动作还快,马上就站起来抓住了须藤的手臂。

堀北就算被须藤威吓,表情也完全没有变化,以冰冷的眼神看着他。

"我对你虽然完全不感兴趣,不过只要一看就大概知道你是怎样的人了。以职业篮球为目标?你以为这个世界能这么轻易让你实现那种幼稚的梦想吗?像你这种马上就半途而废的人,是绝对无法成为职业选手的。不过,即使你成为了职业选手,我也不认为你能获得理想的年收入。当你以这种不切实际的职业做为志向的时候,你就已经是个笨蛋了。"

"你这家伙!"

　　须藤很明显就快要控制不住自己了。要是他真的打算挥拳，我也不得不冲出去压制须藤了。

　　"你现在就马上放弃学业……不，是现在就马上自己去退学，好吗？然后舍弃职业篮球这种无聊的梦想，去打工，过着凄惨的生活吧。"

　　"正合我意，我就不干了。这只会让自己辛苦而已，不是吗？亏我还特地跟社团请假过来，完全是浪费时间。再见！"

　　"你说得还真是可笑。读书本来就很辛苦。"

　　堀北乘胜追击。要是没有栉田，须藤说不定真的会对堀北动手。须藤掩饰不住烦躁，开始将课本收到书包里。

　　"喂，这样好吗？"

　　"没关系。没有干劲……而且资质差到这种地步的人，也只是白费力气。这明明就关乎着退学。他们对于学校也没有丝毫执着吧。"

　　"像你这种连个朋友也没有的人说要开什么读书会，我早就觉得很奇怪了。反正你把我们叫出来，也只是为了要愚弄我们吧。你要不是女的，我早就扁你了。"

　　"你只是没有打我的勇气吧？不要把问题归咎于性别。"

　　读书会才刚开始，就已经支离破碎地瓦解掉了。

　　"我也不干了。总觉得，虽然也是因为我跟不上进度……不过老实说这样很令人火大。堀北同学的头脑或许很好，但如果她这么瞧不起人，我也没办法再继续跟着她学习下去了。"

池似乎也无法忍受地放弃了。

"如果被退学也无所谓，那就请便吧。"

"关于这点，我会熬夜恶补。"

"这话还真有趣。你不就是因为自己做不到，所以现在才会在这里吗？"

"……"

连平常油腔滑调的池，也因为堀北那带刺的说法而表情僵硬。接着，就连山内也开始将课本收拾到书包里了。冲谷烦恼着，也无法抵抗这种气氛，于是站了起来。

"大……大家……这样真的好吗？"

"走吧，冲谷。"

池和不知所措的冲谷一起离开了图书馆。

留下的就只剩我和栉田。而连栉田好像也已经忍无可忍了。

"堀北同学，你要是这样，不管是谁都不会想跟你一起学习哦。"

"我的确错了。如果教这些人念书，就算这次让他们顺利及格，下次也会马上陷入同样的窘境。反反复复，最终还是会惨败。我深深了解到这件事实在是既没效率又多余。"

"你这些话……是什么意思？"

"我的意思是这些扯后腿的人，最好趁现在赶紧离开。"

这就是堀北得出的结论。只要没有不及格组，就不必花费心力教他们读书，而且班级的平均分数也会上升。

"怎么能这样……绫小路同学你也说点什么呀。"

"如果堀北得出这种结论，就这样也没关系吧？"

"绫……绫小路同学，连你也说出这种话吗？"

"嗯，我不至于想抛下那些家伙，但我本身不是教书的料，所以也无能为力。到头来也和堀北没什么两样。"

"这样啊，我知道了。"

栉田的表情罩上一层阴影，拿着书包便站了起来。

"我一定会想办法的。我绝对不要这么早就和大家分别。"

"栉田同学，你是真心这么想的吗？"

"我不想对须藤同学和池同学他们见死不救。难道我不能这么想吗？"

"你如果是发自内心这么说的话，那就没关系。但我不认为你是真心想要帮助他们。"

"什么啊，我不懂你的意思。为什么堀北同学能

这样毫不在乎地说出这种树敌的话？这样子……我很
伤心。"

栉田低下了头，但她像是想打起精神般，立刻就将
头抬了起来。

"那就这样吧。两位，明天见。"

栉田简短地留下这句话，站起来走掉了。我们就这
样瞬间回到了最初的两人状态。图书馆立刻一片寂静。

"辛苦你了呢。读书会到此结束。"

"似乎是这样吧。"

鸦雀无声的图书馆，安静得让人害怕。

"绫小路同学，只有你能理解我呢。或者应该说，
只有你比那些无聊的人要正常一点。如果你需要念书的
话，我可以破例指导你哦。"

"我就不用了。"

"你要回去了？"

"我要去找须藤他们。不知道为什么想闲聊一下。"

"去接触说不定就快被退学的人，也不会得到什么
好处。"

"我纯粹是不讨厌与朋友交往而已。"

"你还真是自私呢。嘴上说是朋友，却对他们快被
退学的事情袖手旁观。依我来看，这才是最残酷的。"

这部分我确实无法否认吧。堀北说得没错。

读书这件事，终究还是看个人能够付出多少努力。

"我不打算否定你的想法。我也不是不能理解你瞧不起讨厌读书的须藤。不过啊，堀北，稍微去想象须藤身后所拥有的背景，也是很重要的吧？如果他只是以职业篮球为目标，特地选择这所学校也没什么好处。你要考虑到他为什么要选择这所学校，如此一来才能看清对方的本质，不是吗？"

"我没兴趣呢。"

堀北一直看着课本，将我的话当做了耳边风。

6

我一出图书馆，就追寻着枥田。我想向她赔罪，感谢她为了组成读书会所做的努力。而且，一般人都想尽可能地和可爱的女孩子增进感情吧？

我握着手机，将枥田的名字从联络人清单里找了出来。虽然这是第二次了，但打电话给女孩子还是会有点紧张。我的耳边传来了第二次、第三次的拨号声。

然而，电话却完全没有要接通的迹象。不知道她是没注意到，还是不打算接。

当我小跑步在校园中漫无目的四处搜寻时，发现了一个跟枥田很像的背影的人走进了校舍。现在已经将近六点，除了参加社团的学生，应该已经没有其他人了。如果是枥田的话，那也有可能是要去见社团里的好朋友。

我追了过去，要是她已经和别人会合，那就改天再说吧。我这么想着，便走进了校舍。

我将室内鞋从鞋柜取出并换上。接着往走廊走，可是却没看见栅田的身影。我心想是不是跟丢了，不过这时却传来了细微的脚步声。

看来她是走上了通往二楼的楼梯。我追了上去。然而脚步声不断往上，已经超过了三楼。这上面好像是屋顶吧？虽然中午会开放让学生在那里吃饭，但放学后就会锁起来，应该无法进去。我觉得奇怪，便也走上楼梯。考虑到她或许是要和谁碰面，我放轻了脚步。接着在通往屋顶的楼梯大约中间的地方停了下来。

楼梯上方有人的动静。

我悄悄地从扶手附近探头，朝着屋顶那扇门的方向偷看。栅田一直站在那里盯着屋顶的门。并没有其他人的身影。也就是说，她来这里是为了和人碰面？

如果说是在这种人烟稀少的地方见面……难道栅田在交男朋友，而且他们正要偷偷幽会？要是这样的话，如果我继续在这里一动也不动，就有可能被她男友夹击。正当我在烦恼该不该折返时，栅田慢慢地将书包放到了地上。

接着——

"啊……烦死了。"

我无法想象这种低沉的声音是由栉田所发出来的。

"真的好烦。气死我了。那种人怎么还不死啊……"栉田像在念咒般低声咒骂着。

"自以为很可爱就在那摆架子，反正一定也只是个贱货。像那种个性的女人，教人读书？真是可笑！"

栉田口中的生气对象……是堀北啊。

"啊……糟透了。真是糟透了糟透了糟透了。堀北好烦堀北好烦……真的烦死了！"

班上第一的人气王栉田，愿意帮助任何人的温柔少女。我总觉得自己看见了她的另一面。她应该不愿让任何人看见这种模样吧。要是继续待在这里的话会很危险。

然而，我却产生了一个不解的疑问。先不论她拥有着另一面，既然她讨厌堀北，那为何还要答应帮忙呢？如果是栉田，一定早已非常了解堀北的性格及言行。她大可从一开始就拒绝帮忙，或者把读书会全权交给堀北。选择明明就有好几种。

勉强自己参加的意义究竟是什么？她是想接近堀北并搞好关系？还是想跟某个参加者变得要好呢？

感觉不管是哪个都说不通。假如没有不惜让她累积压力也想参加读书会的理由，那就无法解释了。

不对……也许最开始就有征兆。

我自己虽然没有想得这么深入，但是以栉田的状态来看，总觉得有一片拼图似乎是吻合了。说不定，栉田和堀北是……

总而言之，我现在得离开这里。栉田也一定不想让人看见她破口大骂的模样。我决定小心翼翼地立刻离开这里。

锵！

傍晚时分的学校里，踹门声比想象中还更响彻四周，而且意外地非常大声。栉田似乎也觉得自己有点过头了，身体瞬间僵硬并安静了下来。就因为这招来了祸害。栉田像是想确认有没有人听见而转过头来。在她的视线前方，出现了我的身影。

"你在这里……做什么？"

在短暂的沉默后，我听见了栉田冷淡的声音。

"我有点迷路了啦。哎呀，抱歉抱歉。我马上就走了。"

我撒了一个明显就是在骗人的谎言，注视着栉田。她投来了我从未见过的强烈视线。

"你听见了吗……"

"如果我说没听到，你会相信吗？"

"也是呢……"

栉田毫不客气地走下楼梯。然后，用自己的左前臂抵住我的颈部，把我推到了墙上。这种语气、行为，全都不是我所认识的栉田。

栉田现在的表情，恐怖到连堀北也没法比。

"刚才听到的事情……你要是和谁讲了，我可不会放过你。"

这些话语，冷淡到甚至让人不觉得是在恐吓人。

"要是我说了呢？"

"那我就告诉大家我在这里差点被你强暴。"

"这是莫须有的罪名哦。"

"没关系，因为这可不是莫须有。"

她的话里有着不由分说的魄力。

栟田这么说完，这次则抓住了我的左手腕，慢慢地打开手掌。她把自己的手叠在我的手背上，将我的手移往自己的胸口。

柔软的触感，通过手掌传了过来。

"你在做什么啊！"

对这种意料之外的举动，我虽然急着想把手抽开，但是却被她从正上方按住。

"这样子你的指纹就粘上去了。证据也有了。我是认真的，知道了吗？"

"知道了。我已经知道了，所以放开我的手。"

"这件制服我就不洗了，保管在房间里。你要是背叛我，我就把它交给警察。"

栟田就这样把我的手给继续固定住，狠狠地瞪着我。

"就这样说好了。"

她提醒完，便与我分开并保持距离。

这是我人生第一次摸到女性的胸部，我却已经不记得那个触感了。

"喂，栉田，哪一面才是真实的你啊？"

"这种事与你无关。"

"也是……不过，看见刚才的你，有件事我很在意。如果你讨厌堀北，那也就没必要去跟她打交道吧。"

我本来没打算问这件事情。觉得要是问了栉田会有抵触感。不过，我还是很在意栉田这么做的理由。

"努力让所有人都喜欢自己是件坏事吗？你知道这有多困难、多辛苦吗？你不可能懂的吧？"

"我的朋友很少，所以我也不懂。"

不用说，栉田从开学起就会主动找人攀谈，还会交换联络方式，甚至是邀约。光是想象，谁都会明白这是件多么辛苦、费力的事情。

"就算是堀北……堀北同学那种人，我也想要表面上跟她很要好。"

"即使会承受压力？"

"没错。这就是我期望的生活方式。因为这能够让我感受到自己存在的意义。"

栉田毫不犹豫地如此回答。她拥有着只有自己才懂的想法以及原则。原来是这么回事啊。为了遵守这个原则，于是她就拼命地和堀北打好关系，不断地在失败中尝试。

"趁这个机会告诉你好了。我非常讨厌像你这种既阴沉又无趣的男人。"

我至今都对栉田有着可爱印象。虽然这种幻想已经破灭，不过现在可不是大受打击的时候。人本来或多或少就会适当地切换使用真心话及场面话。

然而，我觉得栉田的回答，既是真话也是谎言。

"虽然这是我的直觉，不过你和堀北在进入这所学校以前，应该就认识彼此了吧？"

说出口的瞬间，栉田的肩膀抽动了一下。虽然只有一下子，但我没有看漏。

"什么啊……我不懂你的意思。堀北同学说过我什么吗？"

"没有，她和你一样，给人的印象都像是彼此初次见面。但是，我也觉得有点奇怪。"

"奇怪？"

我回想起栉田第一次前来向我搭话时的情况。

"入学没多久，你是听了我的自我介绍，才记住我的名字的吧？"

"那又如何？"栉田面无表情地反问。

"既然如此，你又是在哪里知道堀北的名字的？那个时候，那家伙根本就还没对任何人报上姓名。要说唯一有可能知道的，也顶多只有须藤。可是你应该没有跟他接触过。"

换句话说，这等于她没有机会知道堀北的名字。

"而且你来接近我，不也是为了探听堀北的消息吗？"

"够了，闭嘴。再讲下去我会觉得很烦。我要说的就只有一件事。你能发誓不跟任何人说今天你看到的事情吗？"

"我发誓。就算我把你的事说出去也不会有任何人相信。对吧？"

班上那群人就是如此信赖着栉田。我们之间简直如天壤之别。

"我知道了。我相信你绫小路同学。"

栉田还是绷着脸，不过她闭上眼之后，慢慢地吐了一口气。

"我有什么值得你相信的理由吗？"

虽然我也觉得自己很多嘴，但话都说出口也没办法了。

"堀北同学的个性不是很古怪吗？"

"嗯，非常古怪啦。"

"她不仅是不想和任何人有所瓜葛，甚至还想疏远其他人。跟我完全相反。"

堀北和栉田的立场也许确实完全相反。

"而这样的堀北同学，只对绫小路同学卸下了心防。"

"等一下，我想立刻修正这点。她绝对没有对我卸下心防。绝对没有。"

"或许吧。可是，你应该至少比班上任何人都还受她信任。连警戒心这么强的堀北同学都信任你了。再怎么说，在同年纪的朋友之中，我自信自己接触过的人是最多的。就是因为这样，无论是无聊的人，还是温柔到令人无法置信的人都相处过了。"

"也就是说，你是指自己看人的眼光很准？"

"我会说相信绫小路同学，是因为你基本上对谁都不感兴趣吧？"

我不记得自己有表现出这种举动，但是栉田好像很有把握。

"这并没什么好奇怪的。因为你在公交车上完全没有想让位给老人的迹象。"

原来是这么回事。这家伙在那种情况下，就已经掌握了我们的状况。正因如此，就连该如何去理解让不让座，她都办到了。

"所以我觉得你不会到处乱讲。"

"你如果这么有信心，那也没必要特地让我摸胸部了吧。"

"这……是因为我当时真的很慌张……一瞬间慌了神而已……"

栉田缓下僵硬的表情，转为焦躁。

"总之，我能把你认定为可以随便让男人摸胸部的婊子吧？"

随后，她便用力朝我大腿一踹。我急忙地抓住扶手。

"很危险欸！要是跌下去的话我可是会受伤的！"

"谁叫你乱讲话！"栉田满脸通红（不是害羞而是愤怒），怒喊道。

"你等我一下。"

她愤怒地说道。而我也只能轻轻点头。

栉田爬上楼梯，就马上拿着书包走了下来，满脸笑容地说："一起回去吧。"

"好……好的。"

栉田的态度骤变，甚至让我觉得这是一场噩梦。我面前的是平常的栉田。然而，对现在的我来说，实在无法判断究竟哪个才是真正的她。

7

明天开始 D 班会变得如何呢？我事不关己似的看着综艺节目。手机弹出了群组聊天的消息。

屏幕上显示着：佐藤加入了群组。她好像是班上一名很活跃的女生。

大家好呀！我刚才在跟池聊天，结果被他拉进群了。

我没打任何字，就只是呆呆地看着朋友们聊天。

今天的事情我听说喽！堀北那家伙真让人火大欸，

不是吗？

　　我今天也生气了。不过须藤才叫真正的生气，我还以为他差点就要揍人了。

　　我要是明天看到她，也许真的就会揍下去。我今天就是气成这样。

　　哈哈哈，要是真的揍她问题就大了。这么做还是太过火了。

　　我有件事想要商量。我们要不要明天开始就彻底无视堀北？

　　哎呀，平常被无视的不都是我们吗（笑）？

　　总觉得要是不给她点颜色瞧瞧，还真咽不下这口气。干脆就欺负她，把她弄哭。譬如说把她的室内鞋藏起来。

　　你是小孩子吗？哈哈。不过我或许真有点想看她慌张的模样呢。

　　看来池他们的聊天群组加入了佐藤之后，话题就一直在堀北身上打转。

　　喂，绫小路同学要不要也一起欺负堀北？

　　绫小路迷上堀北了，所以没办法吧？

　　你到底要站在我们这边，还是堀北那边？

　　大家会对堀北越来越不满，也是无可奈何的。不论谁被那么对待，都会觉得很讨厌。不过，我完全无法理解为何只有揍人算是太过分，而无视或者藏东西却能被容忍。不管哪种都等同于霸凌，其中并无善恶之差。

你已经看到了吧？喂，绫小路你要站在哪一边？

我不会站在任何一方。你们就算欺负堀北，我也不会阻止。

最狡猾的中立类型出现了。

要怎么理解都无所谓，不过捉弄她只会有坏处哦。要是真的让学校知道有霸凌问题就麻烦了。你们还是多注意一点比较好。

用这种形式来袒护堀北？

聊天时看不见对方的脸，所以态度容易变得比平时还更加强硬。要是面对面的话，池也不会像这样找我麻烦吧。

大家只是想把堀北当做牺牲品，并感受从中产生的归属感、安心感。

再继续进行这种无谓的争论，也只是浪费时间。我还是迅速结束话题吧。

栉田如果听到这些事情，你应该会被她讨厌吧。

我这么回复，并将手机屏幕关上。随后铃声虽然响起，但是我并不予以理会。这样男生们就不会做蠢事了吧。而且，佐藤少了池他们的帮助，应该也不会做出出格的事情。

我稍微打开房间的窗户，外面的树上传来了虫鸣声。唧唧……会如此鸣叫的应该是斩首螽蟖吧。夜风轻轻吹拂，微微地摇动了窗户。

入学典礼那天，我和堀北相遇，而且还碰巧同班，座位也在隔壁。回过神来，我已经跟须藤以及池他们成为了朋友。再加上因为彻底中了学校的陷阱，而被分入最底层的 D 班。堀北为了拯救这种困境而采取了行动，却因为自己性格的问题而招致更严重的孤立。如今发展到其他人热烈地讨论着霸凌她的阴暗话题。

我明明应该比谁都还更近地看着，对此却好像有种飘飘然的感觉。

不对，不能使用"飘飘然"这种字眼。这种心情绝不令人感到舒服。我只是有股隐约的不踏实感。就像无法切身感受到须藤他们要被退学的危机一样，在我周围所发生的事件，我仍然觉得事不关己，而且无法感同身受。

只有愚蠢的人才会不去使用自己所拥有的能力。

我明明就不愿意想起，那家伙所说的话还是闪过了脑海。

"我果然是愚蠢的人吗……"

我关上窗，电视传出了格外刺耳的笑声。

8

不知为何睡不着，于是我便起身走出了房间。

我在大厅的自动贩卖机随便买了一瓶饮料，回到电梯前。

"嗯？"

原本在一楼的电梯停到了七楼。我总觉得有点疑惑，就看向显示电梯内画面的屏幕。是穿着制服的堀北。

"其实没有躲躲藏藏的必要啦。"

但是我觉得见面很尴尬，所以就躲到了自动贩卖机的阴影处。堀北来到了一楼。

她一边警戒着四周，一边往宿舍外走去。我确认她的身影在夜色里消失之后，就追了上去。然而，正当我要转弯走向宿舍后方，却不禁躲了起来。

堀北停下了脚步，在那边还有另一个人影。

"铃音，没想到你竟然会追到这里啊。"

我刚想这种时间她会去哪里，原来是和男人碰面啊。

"我已经不是哥哥当初认识的那个没用的人。我是为了赶上哥哥而来的。"

"赶上……吗？"

哥哥？堀北的谈话对象，因为站在阴暗处所以我看不太清楚，应该是她的哥哥。

"我听说你进了 D 班。真是跟三年前一样完全没任何改变呢。你只是一直看着我的背影，到现在都还没发现自己的缺点。选择这所学校算是失败了呢。"

"这……这一定是哪里弄错了。我一定会马上升上A 班，这样的话……"

226

"不可能，你是升不上 A 班的。岂止如此，就连班级也会崩坏吧。这所学校没有你所想的这么简单。"

"我绝对……绝对会升上 A 班……"

"我不是说不可能了吗？你这个妹妹还真是不听话。"

堀北的哥哥向前拉近了一步距离，慢慢地从阴影里显现出姿态。

是担任学生会会长的堀北。

他的表情丝毫不带情感，像是在看着不感兴趣的事物。

堀北的哥哥抓起她毫无抵抗的手腕，用力地压到了墙上。

"我即使再怎么避开你，也无法改变你是我妹妹的事实。要是周围的人知道了你的事情，丢脸的会是我。马上给我离开这所学校。"

"我……我做不到……我……绝对会升上 A 班……！"

"真是愚蠢。我就让你像过去那样尝点苦头吧。"

"哥哥……我……"

"你没有往上爬的力量及资格。给我好好认清现实。"

堀北的身体被用力向前拉，双脚悬空。我的直觉判断现在很危险。

做好惹堀北生气的觉悟后，我从暗处冲出，逼近堀北的哥哥。

我在堀北的哥哥察觉我的存在前，就抓住了他抓堀北手腕的右手手臂，限制住他的动作。

"你是谁？"

他看见自己被抓住的手，便慢慢地对我投向锐利的眼神。

"绫……绫小路同学！"

"你刚才是想把堀北用力丢出去吧。你知道这里是水泥地吗？就算是兄妹，有些事情能做，但有些事情还是不能做。"

"偷听还真是不可取啊。"

"够了，把手放开。"

"这才是我该说的吧。"

我和堀北的哥哥互瞪。短暂的沉默笼罩着我们。

"绫小路同学，住手……"

堀北吃力地挤出这句话。我从来没见过这种状态的堀北。

于是，我不情愿地放开她哥哥的手臂。就在这个瞬间，一记速度惊人的里拳（注：以手背上接近指关节的区块作为攻击点的一种出拳招式）扑面而来。我感觉不妙，就将上半身往后仰来回避攻击。他的体格虽然纤细，却做出了这种狠毒的攻击。然后，他又瞄准了我的要害猛烈一踢。

"好险！"

我明白如果被这种威力击中，大概一击就会让我失

去意识。堀北的哥哥露出了疑惑的表情。他吐了一口气之后，就张开了右手笔直地伸了过来。

我要是被抓到，就会被他摔到地上。直觉如此，用左手掌像是拍打般地化解了他的攻击。

"动作不错呢。没想到你能连续避开我的攻击。你也很清楚我打算做什么动作。你是学了什么吗？"

他终于停下攻击，并对我如此提问。

"钢琴跟书法的话，我倒是有学。我小学的时候还曾经拿过全国钢琴比赛优胜哦。"

"你也是 D 班的吗？铃音，这个男人相当特殊啊。"

堀北的哥哥放开堀北，慢慢地转过身来。

"我和堀北不一样。我可是很没用的。"

"铃音，我真没想到你会有朋友。老实说我非常意外。"

"他……并不是我的朋友，只是同班同学而已。"

堀北否定道，同时抬头望着她哥哥。

"看来你还是老样子，没分清高傲与孤独的意思。还有你，你叫绫小路对吧。有你在的话，情况或许会变得有趣一点呢。"

他就这样从我身旁走过，逐渐消失在黑暗之中。真是名与众不同的学生会会长。社团说明会的时候堀北的样子很奇怪，是因为发现了她哥哥的关系吧。

"要是想晋升好班，就拼命地挣扎吧。除此之外，别无他法。"

堀北的哥哥离开之后，四周就被夜晚的宁静笼罩。堀北在墙边低头坐着，一动也不动。看来我好像多管闲事了。正当我打算默默返回宿舍，堀北叫住了我。

"你一开始就在听了？还是说这只是碰巧？"

"呃，该怎么说呢，有一半是碰巧的。刚才我在自动贩卖机买饮料，结果就看见你往外走。因为有点在意，于是就追上来了。不过，我本来真的不打算干涉你们。"

堀北又陷入了沉默。

"你哥应该非常厉害吧，杀气也不是一般的强。"

"他是空手道……五段、合气道四段。"

难怪这么强。他如果没有收手，可就糟糕了。

"绫小路同学，你应该也在练些什么吧，而且段位还非常高。"

"我刚刚不是说了吗？我有学过钢琴和茶道。"

"刚才你说的是书法哦。"

"我也有在学书法啦。"

"你考试故意考一样的分数，又说有在学钢琴和书法。我真的搞不太懂你。"

"分数只是碰巧相同而已，而且我也是真的有学过钢琴、茶道，还有书法。"

假如这里有台钢琴，我还能弹首《致爱丽丝》给你听呢。

"让你看见我奇怪的模样了。"

"不如说，这让我知道了原来堀北也是普通的女孩子，真是太好……没事。"

她狠狠地瞪着我。

"回去吧。如果让人看见我们在这种地方，很可能会产生误会。"

确实如此。孤男寡女在半夜独处，一定会引起奇怪的谣言。

更何况，我和堀北的关系本来就已经被班上的同学怀疑。

堀北慢慢起身，并迈步走向宿舍入口。

"你真的放弃读书会了吗？"

我认为开口只能趁现在，于是下定决心向她搭话。

"为什么要问这种事情？读书会原本是我说要开的。这并不是嫌麻烦的你该在意的事情。不是吗？"

"总觉得不对劲。而且你跟班上那些人之间的关系，也变得有点紧张了。"

"我很习惯了，所以并不在意。而且，平田同学也已经收留了大部分的不及格组。他跟我不一样，不仅会读书，还擅长与人相处，所以应该会用心教学才对。他应该至少会让那些人这次越过及格门槛。不过，我认为抽时间给总是考不及格的人，只是浪费时间。到毕业为止这样的考试将不断重复。每次都得帮他们避免不及格，实在愚蠢透顶。"

"须藤他们可是和平田保持着距离，我不认为他们会参加读书会。"

"这是他们该去判断的，与我无关。况且，如果退学都危在旦夕了，他们也没办法抱怨什么吧。假如就算这样也不愿去依靠平田同学，那也只能被退学了。我的目标的确是把D班升上A班。可这是为了我自己，并不是为了别人。其他人会变得怎么样，都不关我的事。还不如说，只要在这次考试中舍弃掉不及格组，就只会剩下好学生了，对吧？晋升到好班也将变得更加容易，正合我意。"

我觉得堀北说得有一定的道理。这场退学危机，毕竟也是不及格学生的错。可是，对于意外唠叨的堀北，我无法忍着不继续说下去。

"堀北，你这个想法是错的吧？"

"错的？我哪里说错了？你该不会是要说……对同学见死不救的人不会有未来这种梦话吧？"

"放心吧，我还是知道讲这种话对你不管用。"

"那你为什么说我不对？拯救不及格组根本就没什么好处。"

"好处或许的确很少。不过，这却能够防止坏处。"

"坏处？"

"你难道认为校方不会想到这点吗？学校那些人光是我们迟到或上课打诨都要扣分了。如果班里轻易出现退学者的话，你觉得校方到底会扣我们多少分呢？"

"这……"

"当然，既然校方没公布消息，那我也没有任何根据。不过，你不觉得这种可能性很大吗？是一百还是一千分呢？或者也有可能会扣一万、十万分。这样的话，你想晋升到 A 班就会变得更加困难了吧。"

"迟到或私下交谈所扣的分，都不会让分数降到零分以下。趁现在零分状态把不会念书的学生剔除掉比较好。这不是几乎等于没有损害吗？"

"这也不一定吧？而且非常有可能还残留着潜在的负分。你真的认为把这种高风险的事情放着不管也没关系吗？说起来你的头脑这么好，不可能会没想到这一点吧。要不是这样的话，你根本也不会开口说要举行什么读书会，一开始就舍弃掉不及格组不就好了。"

我觉得自己有点情绪高昂，或说是热血沸腾。也许是因为我擅自认定这家伙是我的朋友。正因如此，我才不希望她做出草率的决定，事后后悔。

"就算有潜在的负分，现在舍弃不及格组，对班级的发展也会有好处。今后要增加点数的时候，你也不想再来后悔当初没舍弃掉他们吧？现在这个时间点，就算有风险也该这么做。"

"你真的这么想吗？"

"对，真的。我实在难以理解你拼命想救他们的心情。"

堀北正准备从宿舍入口走去搭电梯，而我抓住了她的手腕。

"怎么？你还有想反驳的事情？这个问题光靠我们两个是无法解决的。知道答案的终究也只有校方，所以这只会变成争论。你可以任意揣测校方的意图，而我也同样可以这么做。"

"你今天的话还真多啊。没想到你是这么健谈的人。"

"这……这是因为你太难缠了。"

如果是在平时，堀北根本就不会理会我的阻拦吧。

像这样强行留住她，就算挨她的猛烈一击也不奇怪。然而，她却没有这么做。这就证明了堀北自己也认为这样下去不行，因此才没甩我的手。当然，说不定她本人并没有意识到这一点。

"你还记得我和你相遇的那天，在公交车上发生的事吗？"

"你是指没给老人让座那件事情对吧。"

"对。当时我在思考给老人让座的意义。究竟让还是不让，哪个才是正确答案。"

"我应该一开始就说了。我是认为没意义所以才没让座。即使给老人让座也不会有什么好处，而且只会浪费体力和时间。"

"好处……吗？所以你是彻底以利害关系来行事啊。"

"不行吗？人多少都是会盘算利害关系的生物。只要卖了商品就会获得金钱，而只要卖了人情就会得到报答。通过让座则能够获得奉献社会的愉悦感。不对吗？"

"不，你并没说错。我也认为人类就是这样。"

"既然如此……"

"你如果有这种想法，那就好好地打开看待事物的视野吧。现在的你因为愤怒及不满，完全看不见前方的任何事情。"

"你以为你是谁？你难道以为自己拥有足以对我说长道短的实力？"

"不论我的实力如何，在你无法看见的事情之中，只有一点我能清楚看见。那就是堀北铃音，这个乍看之下很完美的人的缺点。"

堀北对此嗤之以鼻，仿佛说着要是我有缺点，你就说说看。

"我就直说吧。你的缺点就是擅自断定别人是累赘。不仅一开始就不让人亲近，甚至还把人推开。你这种瞧不起对方的想法，不就正是你被分到 D 班的关键理由吗？"

"你这样简直是在说我和须藤同学他们的地位对等。"

"既然如此，你能断言那些人的地位和你不对等吗？"

"这种事只要看考试成绩就一目了然。这也正是他们身为班上累赘的证据。"

"须藤他们确实在读书方面差了你好儿截。他们再怎么努力读书，也很难超越你吧。可是，这毕竟只是书桌上的事情吧。校方重视的并不只有知识层面。假如校方下次举行的是运动相关的测验，就不会是这种结果了，不是吗？"

"这……"

"堀北你也擅长运动。即使光看游泳，你在女生里也属于顶尖，非常出色。不过，当初你也在场，所以一定知道须藤的运动能力非常优秀。池也拥有着你所欠缺的沟通能力。假设这次的考试是以谈话做为基准，池就一定会派上用场。说不定扯班上后腿的反而会是你。这样你就会变得没用吗？应该不对吧？每个人都会有擅长或不擅长的事物，这才叫做人类。"

堀北打算反击，却什么也说不出来。

"这缺乏根据。你说的话全都只是纸上谈兵。"

"既然没有根据，就得利用现有的情报来预测结果。你就好好回想看看茶柱老师所说过的话吧。你被老师叫到辅导室的时候，她应该是这么说的：'谁规定学力出色的人就能进入优秀的班级。'从这里推论出的结果，就是校方也期盼我们拥有学力以外的能力。"

展开层层理论夹击要逃走的堀北，先追在她后面又绕到前方挡住她。如果不这么做，就会轻易地让她逃走。

"你说舍弃不及格组绝不会后悔，不过反之亦然。因为失去须藤他们而后悔的日子，也有可能会到来。"

我和堀北对视。现在，我们不只实际上握着手，意识也开始相通。这些话对她起了作用。

"你才话多呢。这些真不让人觉得是避事主义者会说的话。"

"或许吧。"

"我虽然很不甘心，不过你说的话大致上都正确。我承认你的话很有说服力，不过，我还是有些地方无法理解。就是你的真正意图。对你而言，这所学校到底是什么？你为什么要像这样拼命地说服我？"

"原来如此，还有这招啊。"

"既然要说服人，要是发言人没有说服力，再怎么诡辩也都站不住脚。"

我这样拼命，是为了不让须藤他们退学。

"我希望你省去至今的场面话，告诉我真正的理由。你是为了点数？还是为了尽可能地往上爬？或者，你只是为了要救朋友？"

"因为我想知道……真正的实力是什么，平等又是什么。"

"实力跟平等……"

"我是为了寻找这个答案，才来这所学校的。"

这些话在我脑中明明都还没整理好，却脱口而出了。

"你能放开我的手吗?"

"啊……抱歉。"

当我松开手,堀北就转过身来,站在我的正前方。

"我真没想到自己会败给绫小路同学你的花言巧语。"

堀北这么说完,就对我伸出了手。

"我会为了自己而帮助须藤同学他们,期待留下他们会有利于往后的发展。即使有这种自私的想法也没关系吗?"

"放心吧。我不觉得你会为了除此之外的理由而行动,这才像你。"

"那么我们的契约就成立了。"

我握起堀北的手。

然而,等我明白这是与恶魔签订的契约时,已经是之后的事情了。

再次集合的不及格组

转眼间就到了茶香芬芳洋溢的初夏时节，敬祝各位日益康泰。

开学以来，已经过了一个半月。我过着恰如其分的平稳生活。

"喂，你有没有在听人说话？你的脑袋没问题吧？"

堀北很没礼貌地把手掌贴在我的额头上，接着再贴回自己的额头。

"好像也没有发烧。"

"我没发烧啦！我刚刚只是沉浸在漫长的回忆里。"

我回想起至今为止的情景，便深深地叹了一口气。我答应堀北要协助她，不过目前正处于后悔莫及的状态。

当时我虽然是为了让堀北振作起来，可是重新思考后，才觉得这实在不是我的作风。

"那么参谋大人，我该怎么做才好呢？"

"这个嘛……当然，目前有必要再次说服须藤他们来参加读书会。为此，也只能让你去磕头拜托了呢。"

"为什么会变成这样啊……起因是你和须藤他们起了争执，不是吗？"

"那是因为他们没有全力以赴地认真学习。你不要搞错原因。"

这家伙……真的打算帮助须藤他们吗？

"没有栉田的力量，不可能再次召集须藤他们。你也知道吧？"

"我知道。为了顾全大局，我也只能做出牺牲。"

你到底有多讨厌让栉田参与啊。堀北非常不满，不过还是同意了。

堀北平常都不允许栉田接近她。我就把这当作是她最大的妥协吧。

"那我就不多说了。关于栉田同学的事情，你能够帮忙吗？"

"我吗？"

"这不是理所当然吗？因为我已经和你签订契约了。在升上 A 班以前，你都要听从我的命令，当牛做马为我效命。"

我一点也不记得自己有签下这种契约。

"看，这里还有契约书。"

哇，真的。上面不仅写着我的名字，连印章都盖好了。

"我要告你伪造文书罪！"

我当场就把它撕烂、扔掉。堀北走向了正在收拾书桌的栉田身边。

"栉田同学，我有话想和你说。可以的话，你能陪我吃个午餐吗？"

"午餐？堀北同学竟然会主动邀请我，还真是稀奇呢。嗯，可以哟。"

即使看见她另一面的我就在旁边，栉田也一如往常，丝毫没有动摇。她爽快地答应了堀北。接着，我们和栉田，一起前往了学校里人气第一的咖啡厅帕雷特。

这里是上次我和栉田说谎把堀北叫出来，并惹她生气的地方。

堀北说要请客，就帮栉田点了饮料，而我当然是自掏腰包。

满脸笑容的栉田接过饮料，坐到了座位上。我们两个也在栉田的前方坐了下来。

"谢谢你。你想对我说什么呀？"

"为了避免须藤同学他们考不及格，能请你再次协助我们举行读书会吗？"

"这是为了谁呢？是为了须藤同学他们吗？"

连栉田也不认为堀北当面所说出的请求，纯粹是出于善意。

"不，这是为了我自己。"

"这样啊，堀北同学果然是这样的人呢。"

"你无法和没意愿助你朋友一臂之力的人合作吗？"

"不管堀北同学你是哪种想法，都是个人的自由哦。不过，我很高兴你能坦率地回答我，因为我不希望你对我说出拙劣的谎言。我明白了，要我帮忙也没

问题哟。因为我们不都是同班同学吗？对吧，绫小路
同学？"

"嗯，真是帮了大忙。"

"但是我想问堀北同学一个问题呢。堀北同学，你
既不是为了朋友，也不是为了点数。而是为了升上 A 班
才帮助他们的对吧？"

"没错。"

"这该说是令人不敢相信吗……这不是不可能的
吗？啊，我并不是在瞧不起你哟。不过该怎么说呢……
班上大部分人应该也都放弃了吧。"

"是因为我们目前跟 A 班的点数差距很大吗？"

"嗯……而且老实说，我总觉得没办法追上呢。我
们下个月也不确定会不会得到点数。总觉得有点没劲。"

柳田的上半身软趴趴地趴在桌上。

"我绝对会办到。"

"绫小路同学也是以 A 班做为目标吗？"

"是啊。他将会作为我的助手，一起和我达成升上
A 班的目标。"

别擅自把我当成你的助手啦。

"嗯……我知道了。让我也加入你们嘛。"

"当然啊，所以我才会拜托你帮忙读书会的事。"

"不是这样。我是想加入你们以 A 班为目标的活动。
除了读书会，接下来也要做很多事情吧？"

"是……是啊，虽然的确如此……"

"还是说，你不想让我加入？"

栉田大大的双眼盯着堀北，观察着她。

"我知道了。如果这次的读书会能顺利进行，我就同意你的加入。"

堀北如此回答。她对栉田应该还有着疑虑吧。但是就算这样也不得不答应，大概是由于她也知道栉田拥有着自己欠缺的地方。

一板一眼的堀北一表示答应，栉田就突然挺起上半身。

"真的吗？太好了！"

栉田发自内心开心得当场高举双手，坦率地表达喜悦。她这种模样，每个动作都相当可爱。

"堀北同学！绫小路同学！那么就再次请你们多多指教喽。"

栉田的手分别向我们同时伸了过来。

尽管我和堀北有些不知所措，但我们还是握住了她的手。

"接下来的问题，就是须藤同学他们会不会乖乖答应了呢。"

"是啊，以现况来说或许有点困难。"

"那这件事能不能再次交给我呢？我都加入你们了，这点小事就让我来做吧。好吗？"

堀北看着栉田我行我素的行动，有点被她的气势所镇住了。

她拿出手机，打算立刻行动。过了不久，被栉田邀请而欣喜若狂的池和山内就出现了。然而，他们一看见我和堀北的脸，马上就用眼神质问我"你该不会把群里的事讲出去了吧"。这情况正好，于是我决定先不理他们。在这种场合，说不定他们两人的罪恶感会激增。

"抱歉，把你们两位叫了出来。与其说是我，不如说是堀北同学有话想对你们说。"

"什什什……什么事啊？我们……做了什么吗！"

真是反应过度……他们都吓到腿软了。

"你们两人不打算参加平田同学的读书会吗？"

"咦？读……读书会？哎呀，我懒得看书，而且平田太受欢迎了，也让人很火大……考试前一天再背一背总会有办法吧，再说我初中也是这样熬过来的。"

山内听了池的话，也点了点头。看来他们打算熬夜恶补。

"这还真像你们的作风呢。不过，这样下去很有可能会被退学。"

"你果然还是老样子，你以为自己有多了不起吗？"

须藤出现，瞪着堀北。他似乎也中了栉田的甜蜜圈套。

"须藤同学，最令人担心的就是你了。你对退学太没有危机感了。"

"这关你什么事啊。你最好不要太过分，不然我就揍飞你。我现在正忙着打球，书只要在考前看就够了。"

"须藤，冷……冷静一点。"

池似乎是不想让人知道群里的事情，而安抚着须藤。

"须藤同学，我们要不要再试着一起学习呢？虽然前一晚抱佛脚或许能熬过去，不过要是失败，你连最喜欢的篮球都会没办法继续打哟！"

"这……可是，我不打算接受这个女人施舍般的行为。我还没忘记她前几天对我说过的话。想邀请我的话，就得先诚恳地道歉。"

须藤对堀北示出满满敌意，如此说道。即使他本人也觉得要是不学习就会很危险，但似乎还是无法原谅堀北污辱篮球的事。

对此，堀北当然不会轻言道歉。因为她自诩自己是不会说错话的人。

"须藤同学，我很讨厌你。"

"什么！"

堀北别说是道歉了，火上加油般地对须藤说出苛刻的话。

"但是，现在就算我们彼此讨厌对方，不也只是些小事情吗？我是为了我自己而教你们读书，而你只要为了你自己而努力学习不就好了吗？"

"你就这么想升上 A 班吗？还不惜邀请讨厌的我。"

"是啊，没错。要不是这样，你以为谁会喜欢跟你们牵扯上关系。"

对于堀北口无遮拦的每句话，须藤很明显地逐渐变得焦躁起来。

"我要打球很忙啦。就算是考试期间，其他家伙也没有要停止练习的样子。我可不能因为无聊的课业，而落下篮球。"

堀北像是料到须藤会说出这种话，于是拿出了一本笔记本，打开来让他看。上面详细写着到考试为止的进度安排。

"我在前几天的读书会里，发现那种学习方式是没用的。你们的学习基础非常不牢固。举例来说，这种状态就像是一只青蛙被扔到大海，连该游向哪里都不知道。而且，就像须藤同学所说的那样，要是削减掉娱乐时间，将会对你们造成压力。所以我想出了解决方案。"

"请你告诉我。这是怎样的魔法啊？"

须藤对此嗤之以鼻，认为不可能会有兼顾读书和社团的方法。

"从现在开始的两个星期，你们平时在课堂上都得拼命地用功学习。"

我一瞬间无法理解堀北的话。而其他人也都和我一样。

"你们三个平常都没认真上课吧?"

"真希望你别擅自断言呢。"

池如此反驳。

"那么,你有认真上课吗?"

"没有。我都在发呆等下课。"

"我想也是。换句话说,你们一天就浪费了六个小时。比起在放学后特地安排一两个小时读书,你们在课堂上浪费的时间更多。因此要充分利用这段宝贵时间。"

"理论上……确实是这么回事……不过这不是很强人所难吗?"

栉田的担忧是对的。正因为平时无法读进去,所以才会浪费时间。

课堂上也没办法进行交谈,我实在不认为他们光靠自己就能完全理解题目。

"我又完全跟不上课堂上的内容。"

"这我知道。所以,我们还要利用下课时间来进行简短的读书会。"

堀北说完,就把笔记本翻到下一页,在上面写出了自己的计划。

简单说,就是在一小时的课程结束后,全体立刻集合,并报告课堂上不懂的地方。接着,堀北会在十分钟的下课时间内进行针对性解答。

然后再接着上下一堂课。流程就是如此。当然,这并不是这么简单的事。

须藤他们无法跟上课程，根本无法保证在短时间内就能把书读好。

"等……等一下。总觉得脑袋有点混乱。这样子真的能顺利吗？"

池他们也马上发现这是件很辛苦的事情。

"对啊，下课才十分钟，要讲解完不懂的部分是办不到的吧？"

"别担心，我会在课堂上将所有问题的解答都整理得浅显易懂。接着，再由绫小路同学、栉田同学和我，各自进行一对一教学就可以了。"

如果是这样，确实就有可能完美利用这十分钟来掌握课业知识。

"如果只是讲解答案的话，你们两位应该办得到吧？"

"可是啊……我不觉得现在还赶得上考试欸。高中课业很难，而且又有很多搞不懂的地方。"

"在一个小时的课程里，要学的内容其实意外很少。做笔记就是一页，最多也只有两页。如果再从中浓缩可能会出题的范围，那也只要吸收半张笔记的知识量就够了。只有时间无论如何都不够的情况，才会占用午休。我不要求你们理解题目，只希望你们就这样把它们记在脑海里。最重要是在上课时，要完全专注于老师的教学以及黑板上的文字。另外，抄笔记这件事也暂时放一放。"

"你的意思是上课时不要抄笔记吗？"

"一边抄笔记，一边记下题目或答案，其实出乎意料的困难。"

说不定的确是这样。将注意力集中在抄笔记，最后单纯只是在进行抄写动作，反而会浪费掉宝贵的时间。

不管怎样，堀北看来是不打算利用放学后的时间来教书。

"凡事都要试过才知道。在否定前，不妨先试试看。"

"我提不起干劲啊。就算我花时间去学，也和你这种书呆子不一样。我不认为光靠那种像秘技的方式，就能简单地提高成绩。"

这是堀北根据他们三个人的实际情况才想出来的计划。然而，须藤却没有点头答应。

"你似乎误解了最根本的事情。你难道以为读书会有捷径或秘诀吗？除了投入时间踏实学习别无他法。不只是读书，就算是其他事情不也全都一样吗？还是说，难道在你投注热情的篮球之中，有什么捷径或者秘诀？"

"怎么可能会有这种事情。篮球要通过不断的反复练习才能够打得好。"

须藤对于自己说的话，吃惊得屏住了气息。

"对于没有专注力、无法认真努力的人来说，这绝对办不到。不过，你是那种能为篮球全力以赴的人。为了能继续在这所学校打球，也为了不放弃你自己所拥有的可能性，即使是一点点也好，我希望这次你将那些力量转移到看书上面。"

虽然只有一点，但这毫无疑问是堀北对须藤所做出的让步。须藤对此犹豫不决。

然而，须藤碍于那小小的自尊心，怎么样都无法答应。

"我还是不参加了。要听从堀北，我无法接受。"

须藤还没入座，就这样打算离开。而堀北并没有阻止他。

如果错过这个机会，应该就没办法再叫他一起读书了吧。平常我不会插手，但现在我也只能助她一臂之力了。

"喂，栉田。你交到男朋友了吗？"

"咦？咦？还没哟。不过你怎么会突然提起这件事？"

"如果这次我考了五十分，就跟我约会吧。"

我迅速地伸出手。

"什么？绫小路，你在说什么啦！小栉田，跟我约会！我会考五十一分！"

"不对不对，是我啦！跟我约会！我一定会考五十二分！"

反应最快是池，接着是山内。栉田马上就察觉到我真正的用意。

"真……真是困扰呀……我可是不会以考试成绩来评断一个人的哟！"

"可是，我很想要努力过后的奖赏嘛，而且池跟山内好像也很感兴趣。假如参加读书会可以有类似奖赏的东西，应该也会让人比较有干劲。"

"那……那么这样如何？我会和考最高分的人约会，如果这样子可以的话……我喜欢就算面对讨厌的事情，也能够努力去克服的人呢。"

"哦哦！我会做到！我一定会做到！"

池他们气势汹汹地喊道。其实不用特别诱惑他们也没关系。我接着向须藤搭话。

"喂，须藤。你打算怎么做？这也许会是个机会哦。"

这句话的含义，和"你也想和栉田约会吧？"有着些许的差异。

我自认为大致上掌握了须藤的性格。至少我大概能猜到，他在这种时候很难坦率地开口说要参加。既然如此，就不得不由我们这方先做出让步。

"约会啊。感觉还不错。真没办法……那我也参加吧。"

须藤没有回头，小声地回答了。栉田则是松了一口气。

"我会好好记住的。男生是比想象中更加单纯且无聊的生物。"

堀北似乎也察觉到了我的用意，刻意如此回答，大方地迎接须藤的加入。

1

再次组成的读书会开始，顺利地运作着。

当然，没有人从读书之中体会到乐趣，或者感受到喜悦。可是，为了避免被退学，也为了守护与伙伴的每一天，大家都没放弃艰辛读书。虽然笨蛋三人组都认为自己不适合读书，但还是拼命看着黑板上写出来的题目，为了理解而不知苦思了多少遍。至于须藤，就算他偶尔会意识朦胧、前后晃着头，但也会在最后一刻撑住不睡。这果然也是为了实现成为职业篮球选手的目标吧。这份有勇无谋的梦想，说出来或许还会被人嘲笑，但是须藤却一股脑儿地追寻着。我们这些刚升上高一的大多数学生，都还没有什么像样的梦想。大部分的人都懵懵懂懂，不知道未来要做什么，觉得只要生活不拮据就够了。所以，为了梦想而全心投入练习的须藤，真的是个很出色的人。

话虽如此，这所学校究竟是以什么标准，来定义实力呢？

学生的入学与否，至少不是只看学业能力来判定。

从我能够成功入学，或者从池、须藤他们经历的事情来看，这点应该不会有错吧。

假如学校是预见了学生除了学习各式各样的其他才能，那么就绝对不应该会有只要一次考试不及格就会被退学的制度。至少我是这么想的。

如果制度本身并不是骗人的，能够推导出的答案就没这么多了。

那么，题目不就一定会设计成不论是池或须藤都能够挑战成功的吗？

我的脑中浮现出这样的问题。可是啊，事情好像也没这么简单。现在课程或小考里的题目，对须藤他们来说难度都相当高。

上午的课程结束，堀北一个人低头看着笔记本，并满意地轻轻点了点头。看来她觉得自己整理得不错。

以堀北的立场来看，就算教学对象是三个笨蛋，她也一定会想要尽力让他们拿高分。这么做，理所当然地不仅会让班级获得好评，也能让学生的能力提升。

不过，我则从开始就觉得考满分太强人所难，所以并不打算这么做。我只教了池能够越过及格线的办法。

中午的钟声一响起，池他们就一溜烟地跑去学生餐厅。午休时间共有四十五分钟。大家约好吃完午餐后，要集合到图书馆看二十分钟的书。

考虑到来回的时间，一开始原本计划要在教室看书。但是为了提升注意力，最后决定避开嘈杂的教室，改成图书馆了。

然而，在我看来堀北其实是想回避平田。平田他们那一群人，会在中午针对放学后的学习方式进行讨论。如果我们在一旁复习，平田过来搭话的可能性也不低。堀北应该是想避免这种情况吧。

"堀北，你午餐要吃什么？"

"我想想……"

"绫小路同学，一起吃午餐吧？我今天把行程空出来了。"

栉田忽然蹦了出来。

"嗯，好啊。那栉田也一起……"

"那就这样。我还有事，先走了。"

堀北迅速站起，一个人走出了教室。

"绫小路同学，对不起。难道……我打扰到你们了吗？"

"不，没这回事。"

栉田看着堀北的背影，一边轻轻地挥着手，像是在说着"拜拜。"

难不成她是明知故犯？我总觉得自从那天目击了栉田的秘密，她就明显地增加了和我相处的机会。虽然她嘴巴上说相信我，但说不定还是在怀疑我会跟别人告密。

　　结果，栉田和我决定去咖啡厅。当我们一起来到了咖啡厅，我马上就折服于压倒性的女生氛围。

　　"这是怎么回事啊，女生人数还真多……"

　　咖啡厅里的顾客有八成以上都是女生。

　　"因为这边的餐点感觉就不是男生会吃的呢。"

　　菜单上有意大利面或松饼等，都是些一看就是女生会喜欢的餐点。如果玩体育的须藤来这里吃饭，应该会觉得分量完全不够吧。咖啡厅内少数的男生，不如说是人生赢家，尽是些轻浮男。不是和女朋友一起，就是身边围绕着多名女生。

　　"我们还是去学生餐厅吃吧？总觉得待在这里很不自在。"

　　"只要习惯就好了。高圆寺同学好像就会每天来哟！你看，他在那里。"

　　栉田这么说完，就指向咖啡厅里的多人用座位。在那里出现了被女生围绕的高圆寺。他的态度还是一如往常地肆无忌惮。

　　我才在想中午都没看到他，原来他都是来这种地方啊。

　　"高圆寺同学好像很受欢迎欸。在他周围的都是三年级的女生。"

　　栉田也相当惊讶。我则不禁竖起耳朵听了听高圆寺和学姐们的对话。

"高圆寺同学，张开嘴巴，啊……"

"哈哈！果然还是年纪比我大的女性比较好呢！"

他完全不在意对方是三年级学生，甚至举止十分亲密。

"那家伙真的好厉害啊……"

"高圆寺的名字好像已经广为流传了呢。"

原来如此。这些簇拥在他身边的人，都是看上了他的钱啊。

"这社会还真是讨厌啊……"

"因为女孩子都是现实主义者嘛。光靠梦想没办法活下去。"

"栉田你也是吗？"

"我应该还是有怀抱着一点梦想，像是会有白马王子出现的这种。"

"白马王子啊……"

我们尽可能地找到了距离高圆寺最远的双人座位。

"那绫小路同学你呢？果然还是喜欢像堀北同学那样的人吗？"

"为什么会提到堀北啊。"

"因为你们总是在一起。而且，她不是很可爱吗？"

我确实觉得堀北很可爱，仅限于外表。

"绫小路同学，你知道吗？其实女生们都悄悄注意着你哟！而且一年级女生制作的排行榜上也有你的名字呢。"

"女生会注意我？那到底是什么样的排行榜啊……"

看来我们男生在不知不觉间就被分了等级。

"排行榜有很多种类哟。像是有帅哥排行榜啦、富豪排行榜啦、恶心排行榜啦……然后还有……"

"够了。我不是很想继续听下去。"

"别担心。绫小路同学，你可是在帅哥排行榜中漂亮地拿下了第五名。恭喜你！顺带一提，第一名是 A 班的里中同学、第二名是平田同学，而第三、第四名都是 A 班的男生。感觉平田靠着外表及性格得了很多分呢。"

真不愧是 D 班的明日之星。他似乎也受到了 C 班以外女生的注目。

"我该为此开心吗？"

"当然。啊，只不过，你在阴沉排行榜里也名列前茅就是了。"

"这样啊……"

栉田把手机拿给我看。上面看起来有无数种男生排名。

当中甚至还有"希望他去死的男生排名"这种危险的标题。我就当做没看见吧。

"你明明是第五名，但是好像不是很开心呢。"

"如果我有确实感受到自己受欢迎，那还好说。不过，我可是一点也感受不到。"

事实上，我也不记得有收过在鞋柜里封贴着爱心贴纸的情书。

"这个投票应该不是全部女生都有参加吧？"

"嗯。虽然好像有非常多的人参加，但票数是看不见的，就连评论也都是匿名制呢。"

换句话说，这种内容不清不楚的排行榜，可信度其实一点也不高。

"我想绫小路同学你很吃亏呢。就我看来，你也算是相当帅气。只是似乎没有像平田同学那种吸引人的地方，比如头脑很好、运动神经出色，或者会聊天等。感觉你就欠缺着这些充满魅力的部分。"

"这些话真是让我心痛欸……"

也就是说，身为人类我完全没有内在的魅力。

"对……对不起。我应该说得更委婉一点。"

栉田反省道，觉得自己说得太过头了。

"绫小路同学，你初中的时候没交女朋友吗？"

"我没交过。不行吗？"

"你没交呀。哈哈，也没有什么不行啦。"

"排行榜啊，如果男生也做了，不知道女生会怎么想呢。"

"我认为女生会觉得很恶劣哟。"

栉田笑眯眯的，但眼神却不带笑意。嗯，说得也是。假如我们私底下以美丑来对女生进行排名，一定会遭到严正的抗议。这也是男女之间的差别待遇。话说回来，栉田和我相处的模样，还真的和以前没什么差别。

既然她的另一面都被我看见了，心里应该不会没有疙瘩才对。

"喂，如果你觉得和我相处很勉强，可以不用强迫自己哦。"

"讨厌啦，我不觉得勉强哟。而且跟绫小路同学聊天也很开心呀。"

"你都已经对我本人说讨厌我了，还说得出这种话啊？"

"哈哈哈，也是。抱歉抱歉。不过我之前说的可是真心话哦。"

不，就因为是真心话，我才会觉得受伤。明明笑容满面，心里却讨厌着我，才是最糟糕透顶的。

"其实我今天会约你吃午餐，也是想跟你确认一件事呢。假设噢。假如要你在我和堀北同学之间选队友，你会选择谁呢？会选择我吗？"

"我既不会成为谁的伙伴，也不会成为谁的敌人。我会保持中立。"

"我觉得这世界并没有简单到能让你保持中立哦。主张反战虽然很高尚，但也不知道何时会被卷入其中吧？要是我和堀北同学产生争执时，绫小路同学你能帮忙的话，就太令人安心了。"

"就算你这么说……"

"你要记住我对你怀有期待哟。"

"期待啊……但我想如果要让我帮忙，应该先说明原委吧。"

栉田始终保持着笑容，但她还是以强烈的意志摇头拒绝。

"首先，我们得建立能够彼此信任的关系呢。"

"也是。"

不论是我还是栉田，说真的对彼此都还不够了解。

将来当我们建立起信赖关系时，说不定我就能更进一步地了解栉田了。

2

我们晚了一分钟左右才抵达图书馆。

大家都已经坐下，打开笔记本待命。看来图书馆里不只有我们，许多学生都在勤奋学习。一年级到三年级学生，全都被迫加入攸关去留的战争。只要看到这片景象，便一目了然。

"太慢了。"

"抱歉。店里人有点多，所以多花了点时间。"

"你们两个该不会是一起吃了午餐吧？"

对于同时抵达的我们感到疑惑，池用狐疑的眼神看了过来。

我们确实一起吃饭，但现在还是别多嘴会比较好吧。

"嗯，对呀。我们两个一起去吃了午餐。"

这种事不讲也没关系吧。果然如我所料。池他们明显露出了不满的表情，朝我瞪了过来。简直像是在看着弑亲仇人。堀北连看也没看过来，只说了一句话。

"快点。"

"好的。"

我被堀北冷淡对待，便安静地就坐，拿出笔记本。

"听完课之后，我觉得地理还蛮简单的欸。"

"化学也没有想象中那么困难。"

池和山内如此说道。

"因为基本上有很多题目都是靠背的吧？而且也不像英文或数学，只要没有基础，很多题目根本无法作答。"

"不可以大意。考试也很有可能出现时事问题。"

"失事……问题？"

"是'时事'问题。是指近几年在政治或经济上所发生的大事。也就是说，考试出题不会局限于课本上的题目。"

"这也太过分了吧！这样一来考试范围不就没意义了吗！"

"所以这个也要好好学习。"

"我突然开始讨厌地理了……"

虽然确实无法彻底排除考时事问题的可能性，不过这回就算对其睁一只眼、闭一只眼，也没有关系吧。

要是太在意连会不会考都不晓得的部分，而错失了原本能掌握的地方，损失就大了。

"我们还是赶快看书吧。"

在我们东聊西聊的时候，时间也一分一秒地流逝着。

"是啊。不知道是谁还迟到，宝贵的时间都被浪费掉了。"

"还在怪我吗？"

"那我来向大家提问哟。请问想出归纳法的人，叫什么名字呢？"

"呃……是刚才课堂上学到的那个家伙吧？我记得是……"

池一面苦想，一面用指尖转着自动铅笔。

"啊，是那个啦，那个。好像是个听起来会让人觉得肚子很饿的名字。"

"弗朗西斯·沙勿略！应该是像这样的名字吧？"

须藤也没办法想出答案吗？有点可惜。

"我想起来了。是弗朗西斯·培根！"

"答对了。"

"好耶！这样我一定就能考满分了！"

"不，还差得远吧……"

话虽如此，如果大家在剩下的这一个星期拼命地背，应该就能避免不及格了吧。

"各位，一定要注意自己的身体状况哟。不然读书的时间也会减少。"

栉田这么说道。她应该也很了解时间所剩无几了吧。

"没问题的。如果是这三个人的话。"

"真不愧是小堀北。感觉你很信任我们！"

我觉得她的口气大概是在说"笨蛋是不会感冒的"哦。

"喂，安静一点啦。叽里呱啦的，吵死了。"

在旁边读书的一名学生抬起了头。

"抱歉抱歉，我有点太兴奋了。因为答对问题太开心了，想到归纳法的人可是弗朗西斯·培根哦！不妨把它记下来吧！"

池一边傻笑，一边这么说道。

"你们……该不会是 D 班的学生吧？"

旁边的男生们同时抬起头扫视着我们。须藤似乎对此感到恼火，便以半发火的口吻僵硬地说道：

"你们想干什么？就算我们是 D 班又怎样？你们有意见吗？"

"不不不，我并没有什么意见啦。我是 C 班的山胁，请多指教啊。"

山胁一面不怀好意地笑着，一面环视着我们。

"只不过该怎么讲呢？这所学校能依实力分班还真是太好了啊。如果得跟你们这种最底层的家伙一起念书，我可是会受不了呢。"

"你说什么！"

最先气得站起来的，不用说当然就是须藤。

"我只是说了实话，不要生气嘛。如果在校内做出暴力举动，不知道会对点数造成多少影响呢。哎呀，不过你们似乎也没有点数可以扣了。换句话说，你或许会被退学？"

"好极了，放马过来啊！"

但是每当须藤在安静的图书馆里大吼，就会引来周遭的注目。

假如情势再这样恶化下去，应该有可能会传到老师耳朵里吧。

"就如他所言。如果在这里引起了骚动，也不知道事情会变得怎么样。你还是把最坏的情况预想成会被退学吧。另外，你要说我们的坏话也无所谓，不过你应该是 C 班的吧？老实说，这也不是什么能够拿来自夸的班级呢。"

"C 班到 A 班的差距小到就像是误差。只有你们 D 班是别的次元。"

"你使用的标准还真是令人同情呢。就我看来 A 以外的班级，根本就没什么两样。"

刚刚还在傻笑的山胁，瞪了堀北一眼。

"连点数都没有的瑕疵品，没资格这么嚣张地说话吧。你别因为自己长得可爱，就可以为所欲为。"

"谢谢你这逻辑不通的发言。不过我至今根本不曾在乎过自己的外表，被你称赞我可是觉得相当不舒服。"

"你说什么！"

山胁拍桌站起。

"喂……别这样。我们先挑衅的这件事如果传开来就糟了。"

跟山胁同桌的C班学生，急忙地抓住他的袖子阻止他。

"你们应该知道这次考试要是不及格，就会被退学吧？我还真期待你们当中会有几个被退学呢。"

"很遗憾，D班不会有人被退学。况且，在担心我们班以前，你不如先担心一下自己的班级。骄兵必败啊。"

"骄兵必败？别开玩笑了。"

"我们不是为了避免不及格，而是为了考到更好的成绩才念书。不要把我们拿来跟你们相提并论。再说，你们不过是答出弗朗西斯·培根就在那边高兴，脑袋是不是坏掉了啊？学习考试范围外的部分又有什么用？"

"咦？"

"你们该不会连考试范围都没好好弄清楚吧？难怪会是瑕疵品。"

"你不要太过分了！"

须藤不知道是快要发飙，还是已经发飙，他抓起了山胁的前襟。

"喂喂，你打算使用暴力吗？会被扣分哦！没关系吗？"

"反正也没有分数可以扣了！"

须藤举起了手臂。糟糕，这家伙是真的打算揍他。

这真的不得不阻止了。正当我这么想，并拉开椅子的时候……

"好了，别说了，别说了！"

说这句话的人似乎是在图书馆里看书的其中一名女学生。

须藤因为意外出现的人物而停下了手。

"你谁啊，局外人就不要多管闲事。"

"局外人？我作为同样利用图书馆的学生之一，无法对这场骚动视而不见。要是你们不管怎样都想引起暴力事件的话，能不能去外面处理呢？"

听到一头金发的美女淡然地提出了正确的言论，须藤放开了山胁。

"还有，你们也挑衅得太过头了吧？如果你们还要继续这么做，我就不得不向校方报告这件事情了。就算

这样也没关系吗？"

"抱……抱歉。一之濑，我不是有意的。"

这名少女被山胁称做一之濑。我之前见过她一次。

她是上次在和星之宫老师说话的 B 班学生。

"喂，走吧。在这种地方念书的话，会被传染成笨蛋。"

"也……也对。"

山胁他们唾弃似的说完，就离开了图书馆。

"你们如果还要继续在这里读书，就得安分一点。"

我目送她飒爽离去的身姿，佩服点了点头。

"她好好地把骚动给平息掉了呢。真是有别于堀北。"

"我只是实话实说，并没有打算要捣乱。"

可这却是促成这场骚动的契机啊……

"喂……他刚才说……这不在考试范围内对吧？"

"这是怎么回事？"

大家面面相觑。

茶柱老师说考试范围有大航海时代。我和堀北用笔记，所以不会有错。

"难道是每个班级考得都不一样吗？"

"难以想象呢……每个年级应该是统一的。"

就如堀北所言，基本上五个科目的期中、期末考试，同年级的出题内容应该相同。否则，反映到点数上，就会变得很不明确。

如果是这样，难不成是只有 C 班被提前告知考试范围有更动？

还是只有我们 D 班没被告知呢……

我们对于始料未及的消息不禁感到混乱。

如果社会科范围真的不一样的话……

不……如果只有社会科不同，再糟糕都总有办法。

然而，要是全科的考试范围都不一样的话……

那就代表我们的一整个星期都白费了。

3

距离午休结束还剩下十分钟。

我们读书会的成员们结束学习，一起快步前往教师办公室。

总而言之，如果不确认考试范围的正确与否，就无法继续安心学习了。

"老师，我们有急事想向您确认。"

"你们还真是夸张呢。你们可是吓到其他老师了哦。"

"我们这一大群人不请自来实在很抱歉。"

"没事，不过我现在有点忙，长话短说吧。"

老师似乎也有老师该做的工作，她似乎在笔记本上记录着什么。

"关于茶柱老师您上周所说的期中考范围，请问当中有没有错误呢？因为刚才 C 班的同学指出考试范围与他们的有所不同。"

茶柱老师面无表情地默默听着堀北说话。听完后，停下了写字的动作。

"对了，期中考范围在上周五变更了呢。抱歉，看来我忘记告诉你们了。"

"什么！"

老师在笔记本上流利地写出五个科目的考试范围，将它撕下，递给堀北。纸张上写的课本页数，虽然都已经在课堂上学过，可是大多数都是开读书会之前的内容。须藤他们几乎都没有掌握。

"堀北，多亏了你，我才能察觉到这个错误。大家也要好好感谢她。"

"等……等一下啊，小佐枝老师！你也说太晚了吧！"

"才没这种事。还有一个星期。如果从现在开始好好复习就能轻松应考了吧。"

茶柱老师完全不觉得自己有错，只说了这些话，就打算把我们赶出教师办公室。然而，却没有一个学生乖乖听话。

"就算继续这样赖着不走，情况也不会改变。这点事情你们还是知道的吧？"

"走吧。"

"小堀北，可……可是！我没办法接受这种事！"

"就如老师所言，即使这么做也是浪费时间。比起这个，我们还是尽早开始准备新的考试范围会比较好。"

"可是！"

堀北转身离开教师办公室。须藤他们虽然很不甘心，但也跟着她走了出去。茶柱老师连看都没看我们一眼。她既不对学生感到抱歉，也没有失误后的着急感。最重要的是，刚才在场的老师应该都听见了我们的对话。

老师这次的失误可以算是大事，但其他老师却没有任何反应。刹那间，我和坐在茶柱老师对面的星之宫老师对上了眼。她浅浅地微笑，并轻轻挥了挥手。

这其中一定有什么蹊跷。感觉这似乎并不仅仅是忘记告知考试范围这么简单。

我一出走廊，通知下午课程即将开始的预备铃便响了。

"栉田同学，我想请你帮点忙。"

"嗯？什么事？"

"我希望你把新的考试范围告诉 D 班的各位。"

堀北说完，就把从老师那里拿到的纸张递给栉田。

"可以是可以啦……不过让我去说没关系吗？"

"你毋庸置疑是我们当中最适合的人选。不能让他们就这样弄错考试范围。"

"嗯，我知道了。我会负责转达给平田同学他们。"

"我要为后面几天做准备，更进一步地浓缩新的考试范围。"

堀北努力假装冷静，但还是能感受流露出一丝焦躁。大家拼命读的地方全是白费力气，而且还被打回原点。时间也只剩下一个星期。

而最令人忧虑的，应该还是须藤和池他们三人组的干劲吧。

"堀北。虽然这会让你很辛苦，拜托了。"

须藤一面对堀北鞠躬，一面如此说道。

"我……从明天开始会暂停一个星期的社团活动。这样总有办法吧？"

"这……"

若考虑到时间只剩一周，这便是不可或缺的冷静判断。

堀北对这个自己求之不得的提议感到惊讶，而且似乎难以马上接受。

"真的没关系吗？这可是会很辛苦的。"

"读书本来就很辛苦，对吧？"

须藤微微一笑，拍了拍堀北的肩膀。

"须藤，你是认真的啊？"

"是啊。我现在不论是对班主任，还是对 C 班那群人，都非常恼火。"

这应该算是不幸中的万幸吧。被逼入了绝境，须藤首次对读书表现出积极的态度。如果不这么做，就无法熬过这次考试。他应该深切体会到了吧。接着，池以及山内看着须藤，也因此受到了刺激。

"真是没办法，我们也要好好复习！"

"我知道了。如果你们已经有所觉悟，那我就会帮忙。可是须藤同学……"

啪！堀北毫不留情地拍掉了须藤放在她肩上的手。

"你不要碰我的身体。下次要是再做出同样的事，我是不会放过你的。"

"你这女人真是不可爱……"

"绝对要让他们另眼相看！"

"我也是！"

栉田忽然也提起了干劲，伸出紧握的拳头。

"绫小路同学也一起加油吧！"

"咦？呃，我……"

"你该不会……已经不打算好好复习了？"

"我要想想……"

"你已经跟我约定好要帮忙，不是吗？"

堀北瞪着我。看来我的话好像全被她听见了。

"我不擅长教人读书。人各有所长吧？"

老实说，在教书这方面，堀北或栉田还是比我更加适合。

我并不是个"优秀"到教人读书的人。

"话说回来，绫小路的考试成绩也没那么好吧？"

"现在时间已经所剩无几了。而且，堀北和栉田合力教三个人，应该会远比一对一教学还更有效率。再说，我也还有些事很在意。"

"在意？"

教师办公室里所发生的一连串事件，便是个让人无法忽略的关键。

4

午休一到，我就立刻离开座位前往学生餐厅。

"你要去哪里呀？"

栉田似乎对我匆忙离开 D 班的模样感到担心，因而追了上来。她忽然绕到我的面前，往前倾斜看着我。

"中午到了，所以我想去吃饭。"

"哦，那我也可以一起吗？"

"可以是可以。不过，栉田你应该也不缺人陪吧。"

"我虽然有很多朋友可以一起吃饭，不过绫小路同学只有自己一个人呢。而且，平常你会跟堀北同学搭话，今天却没有这么做。再说，昨天你在教师办公室不是说有事情很在意吗？是指什么呢？"

栉田还是一如往常。真不知道该说她认真听人说话，还是该说她观察入微。老实说，我觉得要是有谁在身边的话，事情就会难以进行。不过，如果是栉田应该就没关系吧。因为我碰巧得知了这家伙的秘密，所以她应该也不会乱来。

"告诉你也没关系，可是你能答应别说出去吗？"

"我可是很擅长保守秘密的。"

于是，我和栀田一起前往了学生餐厅，不久，便抵达了拥挤的餐券售票处。在我们排队买完两人份的餐券之后，我并没有到柜台排队取餐，而是走到售票机附近，注意着点餐学生们的指尖。

"出什么事了吗？"

栀田对突然开始进行观察的我感到不可思议，歪着头。

"这有可能和我在意的那件事的答案有所关联。"

我持续地注视着利用售票机购买餐券的学生们。然后，大约等到第二十名的时候，目标学生就出现了。这名学生购买了某个套餐，并拖着沉重的步伐走向取餐柜台。

"好了，我们也走吧。"

"嗯？好。"

我快步走向柜台，用餐券换好套餐后，就在那名拖着沉重步伐的学生面前坐了下来。

"不好意思，您是学长……对吧？"

"咦？你谁呀？"

这名学生缓缓抬起头，一脸不感兴趣地看着我。

"请问您是二年级，还是三年级呢？"

"三年级。但这又怎样。你是一年级的吧？"

"我是 D 班的绫小路。学长您大概也是 D 班的吧？"

"这跟你有什么关系？"

枥田的眼神流露出惊讶，仿佛在诉说着你是怎么知道的？

"因为免费套餐是有限定种类的。那个应该不太好吃吧？"

学长正在吃的……是山蔬套餐。

"干什么啊，你很烦欸。"

学长拿着托盘打算站起来，所以我叫住了他。

"我有些事想和您商量。您如果能够答应，我也会为您送上谢礼。"

"谢礼？"

学生餐厅里非常嘈杂。我的轻声细语被四周的喧嚣给抹去。

附近的学生们，幸好全都沉浸在与朋友的谈笑之中。

"请问您有前年第一学期的期中考试的真题吗？如果学长或者学长的同学之中，有人有真题的话，我希望你们能将它卖给我。"

"你知道自己在说什么吗？"

"这并没有什么不可思议的吧？我觉得有效利用考题，并不会违反校规。"

"你为什么会找上我？"

"很简单。因为我认为，如果找会烦恼点数不够的人商量，洽谈成功的概率会高一些。学长您实际上也正在吃着不太好吃的山蔬套餐。不过，如果您是因为喜欢才吃，那当然就另当别论了。您觉得如何？"

"你能付多少？"

"一万点，这是极限了。"

"我没有真题，不过……我大概知道谁有。如果要拜托那家伙，最少也需要三万点。你要是能准备这些，我也是可以帮你的。"

"就算您说要三万点，我也拿不出来。我手上的点数不够。"

"你还剩多少？"

"两万点。"

"那就两万点……不，就以一万五千点成交吧。再低就没办法了。"

"一万五千点啊……"

"你都已经来拜托陌生人了，应该是相当着急吧。这所学校会毫不留情地把考不及格的学生强制退学，我所在的班级也已经有好几个人不在了。"

"说的也是……我明白了。我会支付您一万五千点。"

"那就成交了。当然，你得先把点数汇过来哦。"

"这倒是无所谓，不过您要是违背了承诺，就算您是学长，我也不会善罢甘休哦！我会做好被退学的思想准备，并以各种手段进行报复。"

"真是强硬啊。这我知道。只要转让点数就会留下纪录，假如勒索学弟的传闻散播开来，我也没办法全身而退。"

"另外，学长，既然我都要支付一万五千点了，能不能再请您送我一个赠品？我想看入学不久后考的小考的答案。"

"知道了。我也会把它附上。虽然我是觉得你不必担心啦。"

看来学长很了解我的目的以及想法。

"谢谢您。"

交易成立后，学长便匆匆离席。他应该是不想引人注目吧。

"喂，绫小路同学……刚才那种事情……真的没关系吗？"

"没问题的。转让点数符合校规。这并不算违规。"

"话虽如此，可是买真题不是很狡猾吗？"

"狡猾？我并不这么认为。如果学校不允许这种事，应该在最开始就会说明。而且，今天看完三年级学长的反应，我就变得更有把握了。学生们像这样进行交易，其实不是什么稀奇的事。"

"咦？"

"学长并没有表现得特别惊讶，而且没想到很快就接受了我的存在。他大概不是第一次进行交易。不只是一年级的期中考答案卷，他连入学不久后的小考答案卷都保存着。从这点看来，应该就几乎不会有错了。"

栉田吃惊得睁大双眼。

"绫小路同学，我真是吓了一跳。你出人意外的勇气可嘉呢。"

"这是为了防止须藤他们被退学的保险手段。"

"不过，要是白忙一场的话，那就没用了呢。它毕竟只是往届真题吧？我想也有可能会跟今年的考试毫无关联。"

"虽说考题不会一模一样，但我也不认为会完全不同。因为之前的小考里就已经出现了暗示。"

"暗示？"

"你有没有发现简单的题目之中，混入了一部分非常难的题目？"

"那个啊……嗯，是最后的题目对吧？我连题目的意思都看不懂呢。"

"我后来试着调查，发现那是高二、高三课程范围的题目。也就是说，大部分的高一学生是不可能解开这些题目的。校方故意随便出这种解不开的题目，也没什么意义吧？说不定校方除了测验学习能力之外，还有着别的目的。假设过去小考的出题，跟这次完全相同的话，那会怎么样呢？"

"如果看了真题，就能够答对所有题目了呢。"

而且，期中考试也能运用同样的手法。

过了不久，我的手机收到了三年级学长传来的附图邮件，是真题。

得先确认小考的部分。最关键的是最后三题是否相同。

栉田在一旁探头看我的手机，好像也很在意。

"怎么样？怎么样？"

"题目是一样的。字句分毫不差。前年考试和我们考的内容完全一样。"

"太棒了！如果拿这份真题给大家看的话，考试就能轻松不少呢！不只是须藤同学他们，我们快点把题目也拿给其他朋友看吧！"

"不，先别这么做。现在还不能让须藤他们看真题。"

"为……为什么？你花了这么多点数，好不容易才买到欸。"

"如果他们知道这份考题很有用，一定会松懈下来。而且他们难得认真念书，这样会泼他们冷水。最重要的是，过于相信真题也是个问题。这次期中考未必会像小考那样出题相同，也有可能只有今年的题目不一样。"

得好好记住，这份考题毕竟只属于保险手段。

"那这份真题要怎么使用啊？"

"考试前一天再和他们透露真题的事。然后，再告诉他们前年的考试也和这份题目、答案卷几乎相同。这么做的话，大家会怎么样？"

"他们前一晚就会坐在书桌前拼命地背真题!"

"就是这么回事。"

说不定笨拙的学生无法在一天内记下所有的题目。不过,事先掌握题型不会很难。这次的考试目标也不是得满分。毕竟跨越及格门槛才最重要的。要是太贪心有可能会得不偿失。

不过,这么一来,或许D班全体学生都能借此突破难关。

"欸……你是从什么时候开始想到要拿真题的呀?"

"当我知道考试范围有误的时候就想这么做了。不过,其实自从知道期中考试的时间之后,我就在想真题可能会派得上用场。"

"咦?从……从这么早就开始了?"

"在对期中考试进行说明的时候,茶柱老师的说话方式就很特别。她身为班主任,对须藤他们的成绩以及学习态度心知肚明。即使如此,她却很有把握地告诉我们有避免不及格,并熬过去的办法。换句话说,这表示绝对会有可靠的能让考试及格的方法。"

"这就是在指……这份真题的存在?"

不擅长读书的须藤他们能够考进这所学校,说不定也和这部分有所关联。就算正面进攻无法获得分数,但是避免退学的退路,或者说手段,岂不是到处都有吗?就像这次,只要获得考题,不管是谁都能考到将近满分。如果这么想自然就能理解了。

"绫小路同学，莫非你其实非常有本事？"

"我只是动了点歪脑筋。而且，我没把握自己能熬过期中考，只是在想办法找出能够轻松解决的方式。"

"哦……"

栉田的脸上浮出了别有深意的笑容，似乎在想着什么。

"栉田，我有事想拜托你。这份真题，能不能当做是你得到的？我希望你能说这是从要好的三年级学长那里拿到的。"

"可以是可以……不过，绫小路同学，你不介意吗？"

"因为我是避事主义者。我不想轻易做出显眼的事情。况且，班上同学也很信任你。这么做会比我去效果还要更好。"

"我知道了。既然你都这么说了。"

"真是帮了我大忙。我想尽量避人耳目。"

"那这就是我们之间的秘密了呢。"

"应该是吧。"

"你不觉得彼此共享秘密会从中产生奇妙的羁绊，或者说……信任关系吗？"

"谁知道呢，如果是这样就好了呢。"

"谢谢你。"

栉田只简短地说出这三个字。却没有告诉我为何道谢。

期中考

星期四的课程结束，到了放学时间。明天终于要迎来正式的期中考试了。

茶柱老师开完班会走出教室后，栉田马上就展开了行动。

栉田拿着一叠考题走上了讲台。她在便利店把我前几天拿到的真题复印了全班的份数。

"大家等等！在回去之前能先听我说几句话吗？"

须藤也因为栉田的话而停下了脚步，准备洗耳恭听。

这个任务只有栉田才能办到。我和堀北是无法胜任的。

"我想大家为了准备明天的期中考试，至今应该读了不少的书。关于这一点，我有一些资料希望能够帮上大家的忙。我现在就把资料发下去。"

栉田依序将题目与答案卷按照人数发给最前排的学生们。

"考试的……题目？这难道是栉田同学出的吗？"

堀北当然也显得非常震惊。

"这其实是过去的真题。是我昨天晚上从三年级学长那里得到的。"

"真题？咦？难不成这个是相当有用的题目？"

"嗯。其实，我还听说前年的期中考跟这份真题几乎相同。所以我觉得只要看了这份真题，就一定会在明天的考试派上用场。"

"真的假的！小栉田谢谢你！"

池感动得紧紧抱住试卷。其他的学生看来也对于突如其来的幸运，无法抑制住心中的兴奋。

"什么嘛。要是早知道有这种东西，我就不用拼命认真念书了。"

山内一边傻笑一边抱怨。决定在考试前一天告诉大家，果然是正确的。

"须藤同学，今天要好好看这些考题哟。"

"我会的。真是帮了我大忙。"

须藤看起来也很开心，收下了考题。

"这要对其他班的家伙保密哦！我们要考高分，让他们吓一跳！"

池得意忘形地大喊，不过我也赞成他的意见。没有必要特地为其他班级锦上添花。

不久，得意扬扬的同学们就开始踏上了归途。

"栉田同学，你立下大功了呢。"

堀北难得率直地夸奖人。

"嘿嘿，是吗?"

"因为我没想过能够利用真题。我也很感谢你特意去调查了题目是否真的有用。"

　　对于总是单独行动且没朋友的堀北来说，这好像是意想不到的举动。

　　"这是为了朋友嘛，也没什么啦。"

　　"而且，我也觉得你选择在放学后公布是正确的。因为要是随便透露出真题的事情，也有可能降低大家对于读书的专注力。"

　　"这只是因为拿到的时间比较晚啦。如果明天考试能出现很多相同的题目……说不定大家都能考到很高的分数呢。"

　　"嗯，而且大家这两周的努力也绝不会白白浪费。"

　　虽然对不及格组的须藤他们来说，这两周应该是无止境地漫长吧。不过他们应该也稍微掌握到了读书的专注方式以及习惯。

　　"虽然很辛苦，不过还是很开心呢。"

　　"对那三人组来说应该一点也不开心就是了。"

　　我们能做的都做了，接下来就要看他们三个人的努力了。

　　"现在也只能祈祷他们在考场上脑袋不会变得一片空白了。"

　　只有这个部分我们也无能为力。事前教会他们多少，就算能在读书会里发挥所学，考场上也未必就能展现实力。就连重要的真题，也都会随着利用方式而改变效果。

"那我们也回去吧。"

堀北静静地看着栉田将笔记本与课本收进书包。

"栉田同学。"

"嗯?"

"至今为止真的很谢谢你。如果没有你,读书会根本就无法成立。"

"不用放在心上啦!因为我也想要尽量和大家一起往上晋升。所以才会赞成开这个读书会。如果还有需要,我随时都愿意帮忙哦。"

栉田满脸笑容地站起身,拿了书包。

"你稍等一下。我有件事情想跟你确认。"

"有事想跟我确认?"

"如果你接下来也会为了班级而帮助我,这件事就不得不做确认了。"

堀北直直注视着满脸笑容的栉田,这么说道:

"你很讨厌我对吧?"

"喂……"

我才在想她是要确认什么,结果又做出了不得了的事情。

"你为什么会这么想呢?"

"因为我能这么感受到。虽然对于你的疑问,我也只能这么回答……我有弄错吗?"

"哈哈,真是败给你了呢。"

　　她将举起书包的手慢慢放下，依旧满脸笑容地看着堀北。

　　"是呀，我最讨厌你了。"

　　栉田干脆地这么说道。她完全没有隐瞒，也没有拐弯抹角。

　　"告诉你理由会比较好吗？"

　　"不用，没这个必要。我只要了解这个事实就足够了。看来接下来我就能毫无拘束地与你相处下去了。"

　　尽管被人当面说讨厌，堀北还是如此回答了栉田。

1

　　"没有人缺席。看来全班都到齐了呢。"

　　早上，茶柱老师一边露出无畏的笑容，一边走进了教室。

　　"对于你们这些吊车尾来说，这是第一道关卡。有什么想问的问题吗？"

　　"我们在这几个星期里，都很认真地复习了。我可不觉得这个班级会有学生考不及格哦！"

　　"平田，你还真是有自信啊。"

　　其他学生的表情看来也自信满满。老师在桌上将考卷整理整齐，就把它发了下来。第一节考的是社会科。社会可以说是其中比较容易的科目。

　　假如在这边就受挫，老实说，剩下的科目就会是场硬战。

"如果这次考试以及七月的期末考试都没有人不及格，暑假我就带大家去度假。"

"度假吗？"

"是的。对了……我就让你们在蓝海围绕着的岛屿里，过着梦幻般的生活吧。"

夏天的海边……当然就代表着能看见女孩子们的泳装……

"这……这股异常的压力是怎么回事啊……"

茶柱老师因为学生（主要是男生）散发出的气势，而往后退了一步。

"各位……我们来大干一场吧！"

"哦！"

同学们呼应着池，不停地吼叫，而我也趁乱大喊。

"变态。"

堀北看了我一眼。我的喉咙就瞬间哑了。

不久我们每个人都拿到了考卷。我们随着老师的指示翻开试卷。

我把解题的事先搁在一旁，整体看了一遍所有的题目。我必须确认教给他们三个人的范围是否能避免不及格。最重要的，还是确认有多少题跟真题相似。

太好了。

我挥臂做出了胜利姿势。考卷上的题目和真题完全相同，甚至让人有点害怕。至少乍看之下没有发现任何不同。

只要全部背下来，明显就能考出将近满分。

我在不会被人发现的程度下环顾了四周。即使如此，也没看见有学生显得焦急或困惑。大部分学生应该都熬夜背下考题了吧。

而我也从容不迫地开始填答案。

接下来的第二、第三节考的是语文跟理科。话说回来，我在解题的同时，对另一件事感到了佩服。像这样重新看一遍考题，便会发现堀北教的范围有着相当高的命中率。从这点来看，就知道她准确地掌握了课程内容，还预测到了考题。在我邻桌不断默默作答的这名少女，比我想象得还要优秀。

然后，第四节考的是数学。从难易度来看，考卷上列出的题目远比小考困难许多。不过这些内容也和真题一模一样。说不定须藤他们甚至连部分题意都看不懂，但即使如此，只要记住答案就能写得出来了。

接下来休息时间。

读书会成员的池、山内以及栉田，都集合到了堀北身边。

"什么期中考试嘛！简直轻松！"

"我搞不好会考到一百二十分呢。"

池率先说出了游刃有余的发言。而山内也满面笑容，考试感觉很好。

　　两人虽然笑嘻嘻的，但是为了做最后的温习，他们手上都拿着真题。

　　"须藤同学，你考得怎么样？"

　　枥田向一个人坐在座位上凝视着真题的须藤搭话。

　　但须藤的表情阴沉，目不转睛地盯着题目。

　　"须藤同学？"

　　"啊？抱歉，我有点忙。"

　　须藤一面这么说，一面看着英文考题。额头上还冒出了些许汗水。

　　"须藤，你难道……没看真题吗？"

　　"除了英文，其他的都看过。我昨天不小心睡着了。"

　　须藤有点焦急地如此说道。简单说，他现在是第一次看英文考题。

　　"咦！"

　　那也就是说，须藤只剩不到十分钟的休息时间能背了。

　　"可恶，我完全背不下来答案。"

　　英文与至今的考试不同，要背下内容不是很容易。凭十分钟就要记住所有答案，不管怎么样都不可能吧。

　　"须藤同学，你先去背分数高以及答案简短的题目吧。"

　　堀北立刻离席，来到了须藤身旁。

"好!"

于是，须藤便舍弃掉分数低的题目，开始背起分数高及好理解的部分。

"他……他应该没问题吧?"

栉田似乎觉得别打扰他比较好，而在一旁不安地注视着须藤。

"英文和日文不同，只要基础没打好看起来就会像咒文。要背起来是很耗时间的。"

"对……对啊。我英文也背得好辛苦啊……"

十分钟的休息时间，转眼便消逝而去。铃声无情地响了起来。

"你能做的都做了。剩下的就是趁还没忘掉，先从还记得的题目开始写起。"

"好……"

接着，英文考试开始。当其他学生都稳稳地在作答时，须藤却陷于苦恼之中。他不时地停下手中的笔，用头捶桌子。然而，现在已经没人能出手帮他了。须藤只能靠自己来度过不及格的危机。

2

最后一场考试结束后，我们再次集合到须藤的附近。

"喂……你刚才没问题吧?"

池担心地搭话。看得出来须藤有点不自信。

"不知道……虽然能做的都做了，但我也无法算出自己会考多少……"

"没问题的哟。你至今也都拼命地读了书，一定会顺利考过。"

"可恶，我为什么会睡着啊！"

须藤对自己感到焦躁而抖着脚，此时堀北现身在须藤面前。

"须藤同学。"

"干吗啊，你又想说教了吗？"

"没背真题是你的过失。不过，直到考前那段读书期间，你也以自己的方式将能做的都做到了。我也知道你没有偷懒。如果你已经尽了全力，那你可以替自己感到骄傲。"

"什么意思啊。你打算安慰我吗？"

"安慰？我只不过是实话实说。因为只要看了你目前为止的表现，就能知道读书对你来说是多么辛苦。"

堀北很坦率地在称赞须藤。我们对这种情况都难以置信，面面相觑。

"我们就等待结果吧。"

"嗯……也是啊。"

"另外……我有件事情不得不向你更正。"

"更正？"

"我上次对你说过，只有愚蠢的人才会以职业篮球作为目标。"

"你怎么还让我想起这种事啊。"

"在那之后，我去调查过关于篮球和成为职业选手的事情，我才了解到这果然是条险恶的荆棘之路。"

"所以你想叫我放弃吗？就因为它是个有勇无谋的梦想？"

"不是这样。你对篮球投注着热情。而这样的你，是不可能不清楚成为职业选手的困难，也不可能不知道往后生活会多么辛苦。"

虽然堀北的态度一如往常，但这确实就是她笨拙的道歉。

"就算是日本人，当中也有许多人在职篮界里奋战。而且甚至还有人想进军世界。你就是打算以此为目标对吧？"

"对。不管别人再怎么瞧不起我，我也要朝着职业篮球迈进。即使我会过着比打工还穷困的生活，我也一定会办到。"

"我过去都认为没必要去了解除自己以外的事。所以，一开始你说要以职业篮球选手为目标时，我说了很不尊重你的话。可是我现在很后悔。不了解篮球困难及辛苦的人，没有权利瞧不起这个梦想。须藤同学，你不要忘记在读书会里培养出来的那份努力及坚持。只要把它应用在篮球上，说不定你就能成为职业选手了。至少我是这么想的。"

堀北的表情几乎跟平常一样，没有什么变化，但她慢慢地对须藤鞠了个躬。

"那时候真的很抱歉……我想说的就只有这些。没什么事我就先走了。"

堀北道歉后，就走出了教室。

"喂……你们刚才看到了吗？那个堀北居然道歉了！而且还非常恭敬！"

"真是不敢相信！"

池跟山内会惊讶也是理所当然。连我都有点吃惊，而枥田也是如此。

这也证明堀北认同了须藤所付出的努力。

须藤就这样坐在椅子上，茫然地看着堀北走出去的那扇门。

过了不久，他就慌忙地用右手按住自己的心脏，焦急地回头看着我们。

"糟……糟糕……我……我好像喜欢上堀北了……"

开始

茶柱老师踏入教室的瞬间，便惊讶似的扫了一眼学生们。同学们屏息等待着公布期中考试成绩，因而使教室弥漫着非比寻常的气氛。

"老师，听说今天要公布考试成绩。请问是什么时候呢？"

"平田，你也没必要这么兴奋吧？那种程度的考试应该很轻松才对。"

"请问是什么时候呢？"

"你就开心吧，我现在就要公布。如果放学后才讲，会赶不上各式各样的手续呢。"

"这是……什么意思呢？"

"别紧张，我现在就公布。"

一如以往，这所学校都会把详细信息整理好，再一并告知学生吧。

老师把一张记载着学生名字和分数的白纸贴在黑板上。

"老实说我真的很佩服你们，竟然能取得那么好的成绩。数学、语文还有社会成绩并列榜首，也就是考到满分的人，高达十名以上。"

纸上排列着一百的这个数字，而学生们都发出了欢呼声。不过部分学生却没露出笑容。因为只有须藤的英文成绩才是最重要的。

接着……

张贴在黑板上的考试结果表……显示着须藤在五个科目之中，有四科是六十分左右，分数考得相当高。而最重要的英文成绩则是三十九分。

"好耶！"

须藤不禁站起来大叫。池和山内他们也同时高兴地站了起来。

上面也找不到标示不及格的红线。我和栉田彼此互看，总之是松了口气。堀北……她虽然没有露出笑容，但看来好像也放心了。

"老师，你看到了吧！我们该认真的时候还是会认真的！"

池露出洋洋得意的表情。

"是啊，我承认你们真的努力了。不过……"

茶柱老师拿起了红笔。

"啊？"

须藤的口中发出了这种呆愣的声音。

他的名字上被划了一条红线。

"什……什么啊。这是怎么回事啊？"

"须藤，你考不及格了。"

"什么？骗人的吧？少乱说了，为什么我不及格啊！"

率先对茶柱老师提出反驳的，当然就是须藤。

　　须藤被视为不及格，使教室里的气氛由喜悦转为了骚动。

　　"须藤，你的英文考得不及格。也就是说，你到此为止了。"

　　"你别开玩笑了，及格线是三十二分吧！我应该达标了吧！"

　　"是谁在什么时候讲过及格线就是三十二分了。"

　　"不不不，老师你说过了！对吧各位！"

　　池也为了声援须藤而喊道。

　　"你们讲什么都没用。这是不争的事实。这次期中考的及格线是低于四十分。也就是说须藤少了一分。真是可惜啊。"

　　"四……四十分！我可没听说过！我无法接受！"

　　"既然如此，我就告诉你这所学校对于不及格的判定标准吧。"

　　茶柱老师在黑板上写出简单的算式。

　　上面写着：$79.6 \div 2 = 39.8$。

　　"这次跟上次的及格线，都是每个班级自己设定的。而它的算法是平均分数除以二。所以得考到这个答案以上的分数才算及格。"

　　换句话说，三十九点八分以下就会遭受不及格的判定。

　　"如此一来就证明了你不及格。"

"这是骗人的吧……也就是说……我……我要被退学了吗?"

"虽然时间很短暂,不过辛苦你了。放学后要请你提出退学申请书,届时也需要监护人陪同。我待会儿去联络。"

老师淡然、若无其事地说道。学生看见老师这种模样,才终于开始体会到现实的残酷。

"剩下的学生都做得很好,毫无疑问都及格了。为了避免在下次的期末考试考不及格,你们要继续好好努力。那么,下一件事情……"

"老……老师。请问须藤同学真的要被退学了吗?有没有什么补救方案呢?"

最先担心须藤的人,是平田。

尽管须藤讨厌他,还对他说出了粗暴无礼的话。

"这是事实。只要考不及格就到此为止了。须藤要被退学。"

"能不能请您让我看一下须藤同学的答卷?"

"你就算看了,上面也没有地方改错哦!算了,我早就料到会有人提出抗议。"

老师把须藤的英文答卷递给平田。

平田随即将视线落在题目上。却马上露出沉重的表情。

"没有……改错的地方。"

"如果你明白了的话，那么班会就到此结束。"

茶柱老师没给予任何同情或机会，便无情地宣告须藤必须退学。池跟山内他们也知道安慰会造成反效果，于是没再说什么。关于这点，平田他们也一样。让人伤心的是，部分同学感觉还松了口气。这应该是他们对须藤这种班上的累赘能够消失，而感受到喜悦吧。

"须藤，放学后来教师办公室一下。"

"茶柱老师，能不能再让我问几个问题呢？"

迄今保持沉默的堀北，迅速举起了纤细的手臂。

堀北在目前为止的校园生活中，从来都没有主动发言过。

对于这般异常的情景，以茶柱老师为首，全班都发出了惊呼。

"堀北，这还真是罕见欸。你居然会举手发问。怎么了？"

"老师，您刚才说上次考试没到三十二分就是不及格，并且是依据刚刚的算式所求出的。请问这次和上次的计算方式是一样的吗？"

"是啊，是一样的。"

"那么这里就出现了一个疑点。我算出上次考试的平均成绩是六十四点四分。将它除以二，就是三十二点二。换句话说，它超过了三十二分。即使如此仍是低于三十二分才算不及格，也就意味着小数点被舍去了。这和这次的算法互相矛盾。"

"的……的确是这样。如果依照上次的规则，那期中考试低于三十九分才算不及格！"

也就是说，考到三十九分的须藤，能千钧一发地避开不及格。

"原来如此。你是预料到须藤的成绩会很危险，所以才会只有英文成绩考得这么低啊。"

"堀北，你……"

须藤好像察觉到了什么。接着像是突然惊觉到什么似的，其他学生也将目光投向黑板上张贴的纸后，发现了这件事。尽管堀北五个科目之中有四科满分，但是只有英文的成绩极端地低，是五十一分。这其中明显有猫腻。

"你该不会是……"

须藤也注意到了。

与其说是"或许"，不如说"肯定就是如此"。堀北为了降低英文的平均分数，而把自己的成绩尽可能地往下降。

"如果您认为我的想法有误，那请您告诉我上次跟这次的计算方式不同的理由。"

眼前忽然降下一道曙光。这是最后的希望了。

"这样啊。那么，我就更详细地说明吧。很遗憾，你的计算方式有一个错误。在算及格线的时候，会将小数点四舍五入。所以上次的考试就判定为三十二分，这次则是四十分。这就是答案了。"

"……"

"你自己心里应该也有发现小数点以下会四舍五入。你应该是相信这个可能性，才会提出意见的吧……不过很遗憾呢。第一堂课差不多要开始了，我要走了。"

堀北招数用尽，陷入了沉默。茶柱老师的话并无矛盾。最终一招也无用。教室的门"砰"的一声关上后，寂静笼罩着教室。

虽然须藤对于退学的事实感到不知所措，但还是盯着为了救他而降低自己分数的堀北。那个不管怎样都想阻止须藤退学，而把自己的分数降到极限的堀北。

"抱歉，我应该再把分数降低一点的。"

堀北这么简短地说完，就慢慢坐了下来。

然而，对堀北来说，五十一分已经算是个相当低的分数了。

要是再降到四十分附近，最坏的情况就是她自己也有被退学的风险。

"为什么……你不是说很讨厌我吗？"

"我只是为了自己而行动，你别搞错了。虽然最后也白忙了一场。"

我慢慢地站了起来。

"你……你要去哪里啊，绫小路！"

"厕所。"

我这么说完，就离开教室，快步走向教师办公室。茶柱老师应该已经回到办公室了吧。虽然我这么想，但走到一楼却看见茶柱老师站在走廊上凝视着窗外。就像是在等着谁。

"是绫小路啊。怎么了，快要开始上课了哦。"

"老师，能不能让我问一个问题？"

"问题？你就为了这个而特地追过来啊。"

"我有事想请教您。"

"继堀北之后，没想到连你也有问题要问。到底想问什么？"

"您认为现在的日本社会平等吗？"

"这话题还真是突兀啊。怎么会突然问这个？让我回答这个有什么意义吗？"

"这是很重要的事情。能请您回答吗？"

"依我的看法，这世界当然是一点都不平等。"

"是的，我也认为平等只是谎言。"

"你追过来就为了问这种事吗？如果是这样，那我要走了。"

"老师，您在一个星期前宣布了考试范围有变更。当时您是这么说的——'我忘记告诉你们了'。这是事实，实际上我们也比其他班晚了一个星期才收到通知。"

"我在教师办公室里说过了吧。这又怎么了？"

"我们的考题相同,成绩也都同样会反映到点数上,也同样面临着攸关退学的危机。尽管如此,D班却被迫在不平等的条件下进行了考试。"

"换句话说你对此无法接受吗?不过这是个好例子。这正好能说是不平等社会的缩影。"

"这个社会不管从哪方面看都不平等,但我们人类是能够进行思考的生物。"

"你想说什么?"

"也就是说,我们至少也得努力让它看起来是平等的。"

"原来如此啊。"

"'迟了一个星期的通知'究竟是偶然还是故意,对我来说都无所谓。然而,现在却有一名学生因此必须退学。这也是事实。"

"你要我怎么做?"

"我就是前来询问您这件事的。我希望导致不平等的校方,能做出合理的解释。"

"如果我拒绝呢?"

"我只是确认这是不是应得的正确裁判。"

"真可惜。你的说法确实没错,可是我无法接受这项提议。须藤必须接受退学,现阶段是无法推翻的。你就放弃吧。"

茶柱老师把我准备的理由当成了耳边风,但她说的话也并非不合逻辑。

这个人说话果然带有弦外之音。

"现阶段无法推翻，换句话说，还是有推翻的方法对吧？"

"绫小路，我个人很欣赏你。你在这次考试中很快就展现了实力。获得真题就是其中一种正确答案。这本身不过是常识范围内的方法。只要稍微认真想，不论谁都能想到。不过你却是第一个会和全班共享真题，并提高班级平均分数的学生。我认为，你能够想到这一步的逻辑能力，才是最有价值的。我就如实地称赞你吧。你做得很好。"

"拿到真题的是栉田，分享给大家的也是她。我什么也没做哦。"

"我了解这是因为你不愿意抛头露面，担心引起骚动。可是高年级生也有自己的任务。很遗憾，我已经掌握了你和三年级学生接触的事情。"

看来我的行动比想象中暴露的还快。

"不过，即使得到了可信的真题，在最后关头还是犯下了错误。这就是最终失败的原因。如果事先让须藤背得更彻底，他的英文也就会像其他科目那样及格了吧？你这次要不要就这样乖乖放弃，抛弃掉须藤？这么做将来也许会比较轻松哦！"

"或许……的确是这样吧。可是我这次已经决定要帮忙了，现在放弃也还太早了。况且现在还有一个办法值得一试。"

我从口袋拿出了学生证。

"你打算做什么？"

"请把须藤英文成绩的一分卖给我。"

"……"

茶柱老师圆睁双眼看着我，接着放声大笑。

"哈哈哈哈哈！你说的话还真有趣啊。你果然是个奇怪的学生。没想到你会叫我卖你分数，我真是连想也没想过。"

"老师，您在入学典礼那天不是说过了吗？这所学校没有点数买不到的东西。即使是期中考试，它也算是校内的事物之一哦。"

"原来如此。这种思考方式的确也不是不可行。不过，这个金额你未必付得起哦！"

"请问那一分的价格是多少呢？"

"这还真是个难题。因为我至今都没卖过分数呢。我想想……那我就破例便宜卖给你好了。如果你能现场支付给我十万点，卖给你也不是不行。"

"老师，您还真是坏心眼呢。"

开学以来的这一个月，连一点也没使用的学生不存在吧。

简单说，现在不会有学生拥有十万点。

"我也要付点数。"

从我身后传出这样的声音。我回过头，就看见堀北站在那里。

"堀北……"

"呵呵，你们果然是个有趣的存在。"

茶柱老师拿走了我的学生证。接着，又拿走了堀北的。

"好吧。你们要买一分给须藤的这件事，我就受理了。我要向你们征收合计十万点。关于撤销须藤退学的事就由你们去转达吧。"

"真的可以吗？"

"我都跟你约定好要卖十万点了啊。没办法。"

尽管茶柱老师看来很吃惊，但似乎也有些开心似的说着。

"堀北，你也多少了解绫小路的才能了吧？"

"谁知道呢。依我看来他只是个讨厌的学生。"

"什么嘛，竟然说我是讨厌的学生……"

"你明明能考高分却不这么做，而且就算想到要买真题，也把功劳推给栉田同学。甚至还想到要买分数的这种蛮横行为。我只觉得你是个与常识相悖的讨厌学生。"

看来她连真题的那段话也听到了。

"有你们在的话，D班说不定真的就能晋升了呢。"

"他就暂且不论了，我可是一定会爬到好班的。"

"过去 D 班一次也没有晋升过，毕竟你们是学校舍弃的瑕疵品。身为瑕疵品的你们又能如何往上爬呢？"

"老师，能不能听我说句话？"

堀北毫不动摇地回视着茶柱老师。

"也许事实上 D 班的大部分学生都是瑕疵品。但是，瑕疵品跟废物是不一样的。"

"废物跟瑕疵品有何不同？"

"是否为瑕疵品，就只有一线之差。我认为只要稍微给予修缮、改变，它就有可能转变成佳品。"

"原来如此。经堀北你这么一说，就变得格外有说服力了。真是不可思议。"

我也赞成老师所说的话。正因为是由堀北说出口，这些话才有意义。

轻视他人、擅自断定他人就是累赘的堀北，现在正在改变。

事情当然没有这么简单。然而，尽管只有一点点，堀北也在努力地改变自己。茶柱老师似乎也感受到了，露出浅浅的笑容。

"那么我就稍微期待一下吧。身为班主任，我会热切地守望着你们的未来。"

茶柱老师说完这句话，就朝教师办公室走去。

我们就这样被留在原地。

"我们回去吧，快上课了。"

"绫小路同学。"

"嗯？啊！"

堀北狠狠地往我的侧腹挥了一记下击拳。

"很痛欸，你干吗啊！"

"不小心就打下去了。"

她一说完，就丢下痛不欲生的我走掉了。

这个班真是麻烦……我还真是被棘手的家伙给盯上了。

我一面这么想，一面朝那名少女的身后追去。

庆功宴

"干杯!"

池拿着罐装果汁大声喊道。

期中考成绩公布的隔天晚上,"前"不及格组齐聚一堂。除了堀北之外,大家脸上都充满笑容,对于从读书中解放,以及没人退学的事感到喜悦。

与朋友患难与共、共渡难关,这大概就是青春吧。

只有一点,让我感到非常不满。

"你怎么了啊,摆出这么阴沉的表情。须藤可是不用退学了哦!"

"你们要开庆功宴,我不介意并且很赞成。可是,为什么你们要在我的房间举行!"

"我的房间很乱,须藤跟山内也一样。况且也不能在女生的房间办吧?不对,对我来说小栉田的房间会比较好呢。话说回来,绫小路你的房间还真是没什么东西欸。"

"开学也才不过两个多月啊,东西太多才不可思议吧。"

除了日用品,我不觉得有什么其他必要买的东西。

"小栉田,你觉得呢?"

"我觉得不错呀。虽然很简朴,不过感觉很干净。"

"听见了吗?真是太好了啊,你被小栉田称赞了。哈哈哈哈。"

池因为私仇而用手指狠狠地戳我。

"话说这次期中考试还真是惊险啊。要是没有参加读书会的话，就算我没问题，池跟须藤也绝对会考不及格呢。"

"什么？你不也是在危险边缘吗？"

"不不不，如果我认真学的话，可是能考满分的哦。我说真的。"

"这也全是堀北同学你的功劳呢。因为是你教池同学他们念书的嘛。"

堀北一个人静静低头看着小说，并不打算参与聊天。察觉有人在叫自己之后，她就夹上书签，并抬起头来。

"我只是为了自己才这么做的。因为要是 D 班出现退学学生，评价就会降低。"

"就算是谎言也好，在这里你也应该说'不想让大家退学'之类的话。这可是会提升好感度的哦。"

"不提升也无所谓。"

唉，虽然她的态度和平常没什么不同，但光是愿意参加这次集会，应该就算是一种进步了。

如果是以前的堀北，毫无疑问绝对不会来这种场合。

"该怎么说……没想到堀北居然是个好人啊。"

须藤为了袒护堀北而如此说道。

自从堀北向须藤道歉，须藤对她的态度就完全软化了。他先前明明还声明自己没办法接受堀北，人还真是说变就变啊。

"话说回来，关于须藤同学退学的这件事，你是怎么让老师撤销的呀？"

"我也很在意欸。小堀北，你是使用了什么魔法啊！"

"谁知道呢，我不记得了。"

"哇，莫非是秘密？"

池往后跌，做出夸张反应。

"你们只不过是度过了期中考试，最好不要太高兴。下次等着我们的就是期末考试。我可以预料到期末题目的难度会比这次还高。而且，为了增加点数，我们也必须找出能够加分的项目。"

"地狱般的读书时间又要开始了啊……太糟糕了。"

池倒在地上抱着头。

"为了避免那种情况的出现，你就不会考虑要从现在开始读书吗？"

"不会！"

看来他真的不会。

"这所学校还真让人搞不懂呢，像是分班制度呀，还有点数制度。"

"啊，点数啊，我好想要点数，贫穷的生活真是太糟糕了！"

池跟山内都花光了点数，现在正以学校的免费物资应急。

"唉，堀北同学。我们要获得点数，果然还是很困难吗？"

"我们期中考试都努力过了，应该会给我们一大笔点数吧！"

"你有好好地看到D班的平均分数吗？我们整个班级被远远甩在最下面。如果你以为这样就能得到点数，我劝你还是改变想法吧。"

堀北还真是口无遮拦。或者，应该说她是毫不留情地指出了事实而已。

"那下个月也还是零点……呜呜……"

"你就把它想成是在培养节俭的生活方式，然后放弃吧。"

"池同学，没问题的。虽然现在还没办法，不过我们一定很快就能获得点数。对吧？堀北同学。"

"你在说什么？"

"说出来也没关系吧？在座的大家也都是伙伴嘛。我和堀北同学，还有绫小路同学，决定同心协力往最上面的班级爬。换句话说，就是以A班为目标。如果可以的话，我希望你们三个也来帮忙呢。"

"以A班……为目标？"

"嗯，当然呀。想要增加点数，当然就得以好班为目标嘛。"

　　“不是啊，可是以 A 班为目标太遥不可及了吧！他们都是一群脑袋很好的家伙吧？要赢过那群人绝对不可能吧？”

　　就算从考试的平均成绩去看，堀北那种等级的家伙也比比皆是吧。

　　“我想校方不会只根据考试成绩来决定班级好坏啦……对吧？”

　　“我也这么认为。不过，事实上要是学习成绩不好的话，接下来也一定会没戏可唱。”

　　明显无法成为战力的三个人，转移了视线，并露骨地吹起口哨。

　　“虽然现在还差得远，可是只要我们一起加油，绝对能顺利进行哟。”

　　“你有什么依据吗？”

　　“你看，有句话不是说一支箭能够被轻易折断，可是只要三支聚集在一起就折不断了。”

　　“至少我认为这三个人就算捆在一起也会被折断呢。”

　　“那……那么，是那个啦，三个臭皮匠胜过一个诸葛亮！”

　　“他们三个的考试成绩加起来，才勉强是一个正常人该有的成绩呢。”

　　每当栉田赞扬他们三个，堀北就说出相应贬低的话

语。这对组合还真是厉害啊。

"可是就算彼此争吵也没什么好处吧？大家好好相处比较好哟。"

"虽然你这样讲也没错。"

"对吧？"

就连堀北也没办法反驳这些话。

既然都以晋升为目标了，尽可能和更多同学打好关系会比较好。

如果在这个阶段就起争执，那就真的无法继续一起奋斗下去了吧。

"所以呀，我再次恳求你们三个能够协助我们。"

"我很乐意！"

池和山内举起手立刻回答。

"算了，如果堀北坚持的话，我就帮忙吧。怎么样啊。"

须藤欲盖弥彰地说道。

"须藤同学，我从来都没想过要依赖你，也没有想让你帮忙。毕竟我也很难想象你会成为战力呢。"

"唔……你这臭女人……我一放低姿态，你居然就得易忘形了……"

"你那是打算放低姿态吗？我还真是吓了一跳。"

堀北明明就完全没有被吓到。须藤虽然很愤怒，但至少他没做出像是举起拳头的举动。哎呀，真是进步不小啊。

"你这女人还真让人不爽。"

"谢谢。我会把它当作称赞的。"

"这女人真不可爱。"

"嘴巴上虽然这么说，实际上又是怎样呢？"

池调侃道。这个瞬间，须藤以非常吓人的表情瞪着池，对他使出了锁头功招式。

"好痛！好痛啊！住……住手！"

"你要是再多嘴，我就勒你哦！"

"你……你已经正在勒了！你已经正在勒了啦！我投降！我投降！"

堀北目睹"男生之间的友情"，打从心底叹了口气。

"这是所实力至上主义的学校。接下来一定会有很激烈的竞争等着我们。你们如果要帮忙，就不要抱着草率的心情。这样只会成为绊脚石。"

"如果是比腕力的话就交给我。我对篮球跟打架很有把握。"

"真是完全无法指望你呢。"

实力至上主义……吗？我觉得内心深处有点忐忑。

我明明就打算要远离这种世界，回过神来却已经投身在其中。这已经可以说是被诅咒了吧？

堀北是真心想以 A 班为目标。她的决心应该无可动摇吧。

然而，我们 D 班要达到那种程度的话却并不简单。

光靠现有的战力，也许都没办法晋升 C 班。

若是如此，我今后该如何是好呢？

应该也只能顺其自然了。我还是先努力试试吧。

至少……我也想看看堀北露出笑容的模样。

后记

　　好久不见，以及初次见面。我是衣笠彰梧。

　　继上次出书，大约也相隔一年多了吧。

　　现在我已经从学生成了大人，正因如此，这次我才会想尝试挑战这个题材，执笔《欢迎来到实力至上主义的教室》。

　　会这么说，也是因为我回想起自己还是学生的时候，周围都不断苦口婆心地要我念书。要考上好大学、要进入优秀的企业、要过一个美好的人生——我最近开始怀疑这些建议，到底是不是正确的答案。虽然，我很不凑巧地在途中脱离了正轨，一头栽进了与家人或周遭想象中完全不同的世界……

　　读书当然很重要，也毋庸置疑地对将来大有裨益。然而，这次我想说的是——读书并不是一切。

　　举一个浅显易懂的例子来说，运动是推进学校教育的一环。努力运动的学生之中，也有很多人让意料之外的才华开花结果，在将来成为像是职业棒球选手或者排球选手，这类例子其实相当多。就像这样，人各有不同。擅长绘画的孩子适合成为插画家，擅长搞笑的孩子就会成为搞笑艺人。而除读书和运动之外，更存在着无数种适合自己的职业。

　　当我开始这么想的时候，脑中便闪过了"当初要是那么做就好了"长大后才能体悟的后悔。直到今日，我还是很后悔。

那么，接下来是致谢词。

知世俊作大人，感谢您总是陪伴着我。非常感谢您这次也描绘出非常出色的男性角色……不对，是充满魅力的男性跟女性角色。

您的恩情我时时铭记在心，今后也请多多指教。我们近期一起去吃烤肉吧。我请客，但仅限于便宜的自助餐哦!

编辑I大人。执笔期间真的承蒙您照顾了。前作也是屡屡给您添麻烦，这回又让您花了更多的时间来协助我。咦?"不要再丢给我累人的工作了，你就饶了我吧。"哈哈哈，您真爱说笑。今后您还得好好地陪着我。这是张通往地狱底层的单程车票，落入时我们可要彼此作伴哦!

最后，致各位读者——因为有读者，才会有作者。如果没有阅读的人，也不会有今天的我。在此种意义上，或许各位也算得上是为本作的主旨出了一份力。

我想把对各位读者的感谢来作为这本书的结尾，再次感谢各位读者的陪伴。

二〇一五年已完全入春，而我的身体状况还是老样子说不上很好。虽然我每天都持续与失眠交战，但是我不会认输，而是会继续努力。